陈万益———编撰

明清小品

性灵之声

九州出版社

JIUZHOUPRESS

图书在版编目（CIP）数据

明清小品：性灵之声 / 陈万益编著. -- 北京 : 九州出版社，2018.12

ISBN 978-7-5108-7808-4

Ⅰ．①明… Ⅱ．①陈… Ⅲ．①小品文－作品集－中国－明清时代 Ⅳ．①I264.8

中国版本图书馆CIP数据核字(2019)第005087号

明清小品：性灵之声

作　　者	陈万益
责任编辑	张艳玲
出版发行	九州出版社
地　　址	北京市西城区阜外大街甲 35 号（100037）
发行电话	(010)68992190/3/5/6
网　　址	www.jiuzhoupress.com
电子信箱	jiuzhou@jiuzhoupress.com
印　　刷	三河市兴博印务有限公司
开　　本	787 毫米×1092 毫米　32 开
印　　张	8.25
字　　数	160 千字
版　　次	2019 年 11 月第 1 版
印　　次	2019 年 11 月第 1 次印刷
书　　号	ISBN 978-7-5108-7808-4
定　　价	48.00 元

用经典滋养灵魂

龚鹏程

每个民族都有它自己的经典。经，指其所载之内容足以做为后世的纲维；典，谓其可为典范。因此它常被视为一切知识、价值观、世界观的依据或来源。早期只典守在神巫和大僚手上，后来则成为该民族累世传习、讽诵不辍的基本典籍。或称核心典籍，甚至是"圣书"。

佛经、圣经、古兰经等都是如此，中国也不例外。文化总体上的经典是六经：《诗》《书》《礼》《乐》《易》《春秋》。依此而发展出来的各个学门或学派，另有其专业上的经典，如墨家有其《墨经》。老子后学也将其书视为经，战国时便开始有人替它作传、作解。兵家则有其《武经七书》。算家亦有《周髀算经》等所谓《算经十书》。流衍所及，竟至喝酒有《酒经》，饮茶有《茶经》，下棋有《弈经》，相鹤相马相牛亦皆有经。此类支流稗末，固然不能与六经相比肩，但它各自代表了在它那一个领域中的核心知识地位，却是很显然的。

我国历代教育和社会文化，就是以六经为基础来发展的。直到清末废科举、立学堂以后才产生剧变。但当时新设的学堂虽仿洋制，却仍保留了读经课程，以示根本未隳。辛亥革命后，蔡元培担任教育总长才开始废除读经。接着，他主持北京大学时出现的"新文化运动"更进一步发起对传统文化的攻击。趋势竟由废弃文言，提倡白话文学，一直走到深入的反传统中去。论调越来越激烈，行动越来越鲁莽。

台湾的教育、政治发展和社会文化意识，其实也一直以延续五四精神自居，以自由、民主、科学为号召。故其反传统气氛，及其体现于教育结构中者，与当时大陆不过程度略异而已，仅是社会中还遗存着若干传统社会的礼俗及观念罢了。后来，台湾朝野才惕然憬醒，开始提倡"文化复兴运动"，在学校课程中增加了经典的内容。但不叫读经，乃是摘选《四书》为《中国文化基本教材》，以为补充。另成立文化复兴委员会，开始做经典的白话注释，向社会推广。

文化复兴运动之功过，诚乎难言，此处也不必细说，总之是虽调整了西化的方向及反传统的势能，但对社会普遍民众的文化意识，还没能起到警醒的作用；了解传统、阅读经典，也还没成为风气或行动。

二十世纪七十年代后期，高信疆、柯元馨夫妇接掌了当时台湾第一大报中国时报的副刊与出版社编务，针对这个现象，遂策划了《中国历代经典宝库》这一大套书。精选影响国人最为深远的典籍，包括了六经及诸子、文艺各领域的经典，遍邀名家为之疏解，并附录原文以供参照，一时朝野震动，风气丕变。

其所以震动社会，原因一是典籍选得精切。不蔓不枝，能体现传统文化的基本匡廓。二是体例确实。经典篇幅广狭不一、深浅悬隔，如《资治通鉴》那么庞大，《尚书》那么深奥，它们跟小说戏曲是截然不同的。如何在一套书里，用类似的体例来处理，很可以看出编辑人的功力。三是作者群涵盖了几乎全台湾的学术菁英，群策群力，全面动员。这也是过去所没有的。四，编审严格。大部丛书，作者庞杂，集稿统稿就十分重要，否则便会出现良莠不齐之现象。这套书虽广征名家撰作，但在审定正讹、统一文字风格方面，确乎花了极大气力。再加上撰稿人都把这套书当成是写给自己子弟看的传家宝，写得特别矜慎，成绩当然非其他的书所能比。五，当时高信疆夫妇利用报社传播之便，将出版与报纸媒体做了最好、最彻底的结合，使得这套书成了家喻户晓、众所翘盼的文化甘霖，人人都想一沾法雨。六，当时出版采用豪华的小牛皮烫金装帧，精美大方，辅以雕花木柜。虽所费不赀，却是经济刚刚腾飞时一个中产家庭最好的文化陈设，书香家庭的想象，由此开始落实。许多家庭乃因买进这套书，而仿佛种下了诗礼传家的根。

高先生综理编务，辅佐实际的是周安托兄。两君都是诗人，且侠情肝胆照人。中华文化复起、国魂再振、民气方舒，则是他们的理想，因此编这套书，似乎就是一场织梦之旅，号称传承经典，实则意拟宏开未来。

我很幸运，也曾参与到这一场歌唱青春的行列中，去贡献微末。先是与林明峪共同参与黄庆萱老师改写《西游记》的工作，继而再协助安托统稿，推敲是非、斟酌文辞。对整套书说不上有什么助益，自己倒是收获良多。

书成之后，好评如潮，数十年来一再改版翻印，直到现在。经典常读常新，当时对经典的现代解读目前也仍未过时，依旧在散光发热，滋养民族新一代的灵魂。只不过光阴毕竟可畏，安托与信疆俱已逝去，来不及看到他们播下的种子继续发芽生长了。

当年参与这套书的人很多，我仅是其中一员小将。聊述战场，回思天宝，所见不过如此，其实说不清楚它的实况。但这个小侧写，或许有助于今日阅读这套书的大陆青年理解该书的价值与出版经纬，是为序。

散文的新时代

陈万益

很多年轻的朋友向我抱怨：读文言文是件苦差事。虽然他们知道这些都是中国文化的精华，我们祖先留下来的无价之宝；可是，古典的世界看起来是那么遥远和神秘，使人徘徊踌躇，不得门径，遑论登堂入室。最后，只好割舍不顾了。

或许你知道台东有一个卑南文化遗址被挖掘出来。从电视新闻和报纸的报道，我们看到许多石棺、陶片、石器、枯骨和骷髅等遗物，这些不起眼的东西，你我即使碰见了，也会不屑一顾，甚至于被骷髅惊吓而逃窜呢！可是，宋文薰教授和他的学生们却那么专注沉醉，一刀一铲，谨慎地挖掘，细心地整理。面对一样的古物，为什么会有异样的心情和表现呢？主要的原因是：我们是"门外汉"——我们缺乏考古的常识和文化的想象力。我们没有能力透过已经崩坏腐朽的表象使古物再生，使死去的重新活起来，使先民在卑南的生活具体地再现。

对地下古物如此，对浩瀚的典籍，又何尝不是如此呢？我们必须学习相当的常识，以认识不同时空的人事和物理；我们必须多运用点想象力，以揣摩不同人物的思想和感情。如此，才能化解古今间的门墙，进而与前人声息相通，以达到歌哭相同、笑骂相和的境界。

所以，在这一本为你介绍文言作品的小书之前，让我们先交换一些虽然枯燥但是有用的常识，并请你随时记得运用你的想象吧！

你大概听说过，一代有一代的文学。而当我们提到中国文学史上代表性的作品时，你一定也可以依着俗见很流利地说：唐诗、宋词、元曲和明清小品文。可是，就在这么清楚而肯定的排行里，让我们针对本书再做一番思索。首先，相对于诗、词、曲三种文学形式，"小品文"的名称让我们觉得困惑：为什么不直接以"散文"的名称和上述三类"韵文"相对呢？为什么不用从唐朝韩愈以来惯用的词汇——"古文"来指称呢？究竟用"小品"来概括某些以文言写作的散文有什么特别的意义呢？其次，相对于唐、宋、元三个断代，小品文的"明清"断代也显得模糊，甚至错误。事实上，坊间小品文的选集，即使兼收一点清朝人的作品，大部分的取材还是来自晚明文人的集子，清人的作品也局限在清初。所以，与其说"明清小品文"，不如说"晚明小品文"更为确当。那么，以"晚明"一个阶段的作品，特别提出来和前代并列，它的特殊意义又如何呢？

小品文是散文，所以也有人用"小品散文"或"散文小品"

来称呼，但是都没有"小品文"的直截了当。何况"散文"一词的流行迟到民国以后，而"小品"一词，在明末已经普遍使用，如陈继儒的《晚香堂小品》、陈仁锡的《无梦园集小品》、王思任的《文饭小品》等，都已经直呼他们所作的文字为"小品"。当时这类选集特别盛行，如《闲情小品》《皇明十六家小品》《小品丛钞》等都有意用"小品"做号召。明人既有此共识，后人大可不必擅改。

至于"古文"一词，语义相当模糊，一般人几乎把文学史上用文言写作的散文，都涵盖在内。稍具常识的人会指出唐宋八大家到清代桐城派、阳湖派的古文，才是正宗。可是，也有人认为秦汉以前的古文才是"真古文"，韩愈以后的古文是"拟古文"，这在明代中叶的复古论战中，就有"秦汉派"和"唐宋派"的争执。所以，"古文"是不适用的词汇。

何况，小品文正是在明代复古论战后，另辟蹊径，精神和形式都大异其趣的作品，即使"小品"的含义尚有争议，在没有更适当的名称取代之前，仍值得采用作专名。

那么，小品文有没有可资辨别的形式呢？它的特色又在哪里呢？

"小品"二字由释氏《辨空经》"详者为大品，略者为小品"引取出来，本义是指短篇文字，这也是现在通行的见解。但是，光从外形的长短来辨识——有人甚至划定文长应在二三百字以下，五六十字以上——是非常勉强的。因为中国古书"集"部的散文大部分篇幅都不长；汗牛充栋的文人的"笔记"，更是随兴拈来的短文。而明人辑文，有时也不排拒长篇，如陈眉公集《晚香堂小品》就说："是集虽名小品，凡大议论、大关系及韵趣之艳仙者，即长篇必录。"所以，晚明小品固然大多不长，却不一定就是篇幅短小的文学。

既然无法从形式来界定小品文，那么只有从精神层面去探索了。

有人认为晚明小品的特色在于它展现了人生遍在的"闲情"和"逸趣"。这个看法有几分道理，明末的华淑编了一部小品文集，就命名作《闲情小品》，在自序里，他还特别标榜那是一部"随意摘录，适意而止"以伴"闲日"的"闲书"。此外，晚明载籍之中，随处可见名士的"焚香""煎茶"，清客的"妓品""剧评"和山人的"田居""山栖"，等等，似乎他们特别懂得在生活中寻找"赏心乐事"，在小趣味、小摆设中，悠游人生，玩世适志。可是，生活的颓废倾向和文章的游戏性质不能抹杀晚明文人所追求的真诚和异趣。

明末也有一部分的人不喜欢这一类文字而加以排诋，理由是：奇、偏、小品。沈守正却借其矛攻其盾，言简意赅地说出小品文的时代精神，他说：

> 夫人抱迈往不屑之韵，耻与人同，则必不肯言侪人之所言，而好言其所不敢言不能言。与其平也，宁奇；与其正也，宁偏；与其大而伪也，毋宁小而真也。（《凌士重小草引》）

他认为一个心灵高洁、趣韵不俗的作者，必定不肯摹拟蹈袭前人的思想文字，而要凭其胆识和才学去探索他人所不敢、所不能触及的世界。表现在作品的形式和内容上，便有一种崭新的面貌：语言文字则六经百家、佛经禅语、稗官野史、古今雅俗，兼容并包，任意驱遣；篇幅形式，则摆脱固定的框框，或者短至一二句，或者长篇累牍，达意辄止；为文笔调，则歌哭笑骂，或庄或谐，总要自然；写作题材，则天文地理，琐事细物，无所不谈；思想主题，则生死兴衰，爱恨去取，出自性灵。这样的文字不再平庸端正，而显得新奇偏异。因为作者自以为是，非圣无法，传统卫道之士乃斥之为异端。但是，这种求为"真人"、求作"真文"的精神却使得晚明小品独树一帜，展现出特殊的风貌，为后人所惊诧赞叹。

原来，就如前人所曾经指出的：中国的文士，自来有着"叛逆者与隐士"两个同在的灵魂，尤其是在王纲解纽、礼坏乐崩的时代，传统的道德与价值不再维系不坠，个人只好自寻出路：有的人为了一己的信念，不惜成为堂吉诃德式的叛逆者，与传统巨人作战；有的人则从坎坷的世途和险诈的人群中引退，在独处的生活中寻求生命的意义。可是，叛逆者难做，隐士可为；前者不免头破血流，结局悲惨；后者即使不能人人陶潜，但是只要一息尚存，都还能在猥猥琐琐中寻得一点趣味。这也就难怪历史上的叛逆者特少而隐士独多了。因此，晚明小品中的隐士趣味较多而为人所知，而叛逆者的求"真"精神就较为难明了。

让我们再把晚明文士的两种倾向的时代背景说清楚一点。

明朝是一个尚武轻文的时代，开国君主朱元璋又绝对地专制独裁，动辄杀戮大臣，使得官吏经常提心吊胆地过日子，每当黄昏离开官署大门的时候，都互相庆幸又多活了一天。仕途既然如此艰辛，而科举考试又难如登天，因此，有一些读书人就放弃了传统文人晋身的唯一出路，不干那样可怕的官职，而以一个平民的身份，在都市里随俗流转，以保全身心的和平。

而明朝的江南——以苏州为中心——因为经济繁荣，生活富裕，形成有利的"市隐"环境。文人不必归隐田园，而在都市里卖文卖画，将其所得报酬用来追逐个人适意的、充满情趣的、磊落不羁的生活，这类生活可以从流传民间的四杰（唐伯虎、祝枝山、文徵明、沈周）故事见其大概，尤其是明末宦官魏忠贤掌握权柄的时候，爪牙遍布天下，党祸频起，人人自危。"保全性命于乱世，不求闻达于诸侯"更是生存的正确指标。文人便往山水虫鱼、琴棋书画里讨快乐去了。

另一方面，明朝是所谓"心学"的时代。王阳明提倡"致良知"的学说，他认为人心本来是绝对的善，只要让人心最重要的良知充分地活动，那么人人可以为尧舜，人人都是圣人。这个平等学说到了明末，虽然产生"满街都是圣人"甚至装疯卖傻的流弊，可是却使人们由认识自我而肯定自我，以李贽的"童心说"为代表，大家要绝假存真，归依到自己最初一念之本心（也就是"童心"）。如此一来，无视于传统的权威、现实的压力，人们放言高论，辣手为文以至于怪诞其行，把既有的价值和标准掀翻了。

时代思潮的偏异，决定了文学的倾向。更何况明代文坛在复古思潮笼罩下，死气沉沉，已到了不可不变的地步。明代用八股文取士，八股文只能代圣人敷衍经书义理，不容许个人的丁点思想，而文坛喋喋不休的复古理论，其最终目的也是要人穿戴古人衣冠、模仿其声容，亦步亦趋，尺尺寸寸，完全没有自己的形象。这样的桎梏，这样的牢笼，终于被公安三袁兄弟（袁宗道、袁宏道、袁中道）一脚踢翻，他们的口号是："独抒性灵，不拘格套。"他们以"宁今宁俗，不肯拾人一字！"的气派写作清新流利的文章，一时之间，如风吹草偃，风靡了整个文坛，呈现一股群卉争芳、风情万种的生息。

公安派的文学革新运动虽然形成风潮，但是为时甚短，即使稍后有钟惺与谭元春为代表的竟陵派加以革新，终究受不了传统派的抗拒，在清初就偃旗息鼓了。统观他们被批判的最大罪状就是"俚率"两个字，所谓"率"是指公安派破律坏度，肆意妄为；所谓"俚"，也就是"俗"，意指袁中郎等人行文中掺杂了太多民间的不雅的语言。在一个以文章炫耀学问，标榜"述而不作"的大传统里，"俚率"就是学无根柢（dǐ），就无法在文坛上立足。

虽然，在大肆挞伐之余，传统派还是承认他们的好处。纪晓岚在《四库全书总目提要》中对公安、竟陵真是咬牙切齿、恶言相向；在别的地方却说出了一点真心话，他说："盖竟陵、公安之文，虽无当于古作者，而小品点缀则其所宜，寸有所长，不容没

也。"(《帝京景物略·序》)

事实上，在清朝，公安、竟陵之文并没有完全被铲除，它成为一股潜流，在民国初年再度大放异彩。胡适之所提倡的白话文学运动和它遥相呼应，有人认为晚明文学是"中国新文学的源头"，胡适之文学思想和袁中郎"一脉相承三百年"，而林语堂等人提倡语录体小品文，更使得1924年成为"小品年"。由此可见，晚明小品有值得肯定的一面。

让我们总结上面的论述，将晚明小品的特色条列于后：

一、平民的文学。相对于士大夫文学，晚明小品的作者多是市井读书人，或者有隐逸倾向的下层官吏。

二、言志的文学。相对于载道文学，作者不再板起脸孔，代古人说教，他告诉我们个人的生活情趣，他也很大胆地歌哭笑骂他的人生。

三、丰富的题材。过去忌讳谈、不屑谈的题材，作者信手拈来，逸趣横生，展现了更具体更自然的情思。

四、自由的形式。日记、书信等最自由的写作形式，使作者淋漓尽致地表现了自己。

五、通俗化的倾向。由于不再崇古卑今，俗文学被肯定，作者接纳了民间的语言和题材，使作者不仅在当代广泛被接受，数百年后的今天，仍然在民间盛行不衰。

最后，对于本书选文分类的用意做几句简短的说明：

一、书序。选文主要是展示明人的小品文观及其时代背景。

二、传记。有特异的作家，才会有特异的作品。本类选录作家的传记三篇。

三、文论。性灵派的文学观是小品文写作的基础，录李贽、袁中郎、冯梦龙等人的代表言论。

四、书信。明清之际的书信多而好，亲切自然。选录袁中郎、沈承、郑板桥三人的作品五篇。

五、日记。袁小修、叶天寥等人的日记篇幅都很长，特别能够把作者某个时段的思想感情完全表现出来，此处只能选录其中的数段。

六、游记。明人好游，游记文学也特别发达，袁中郎、张岱、徐霞客等人的游记都有崭新的面貌，媲美古今名作，选录数篇，以见一斑。

七、笑话。明末的笑话书非常盛行，而其笑话论显然与小品文的观念相通，所以特立　类，选论文三篇，附录笑话数则。

八、寓言。作品都采自笑话书，但是思想性比较强。明代与先秦、唐代是我国寓言写作比较重要的三个时代，值得我们另立一类来欣赏。

九、清言。是格言式的、语录体的小品文，"清言"二字取自写作较早而出色的屠隆所作《娑罗馆清言》。本类除介绍一般人所熟悉的《菜根谭》以外，特别介绍《醉古堂剑扫》。

以上九类的划分并不能包括小品文全部的面貌，各类的选文也只能举其一隅而已，幸好这只是一本导游性质的书，在你真正游过名山胜水之后，是可以弃置不顾的。

目　录

第一章　书序篇

《文致》原序

刘士鏻

予犹忆儿时诵坡公①海外游戏诸篇意趣津津②不倦，及对正心诚意③之言，痛哭流涕之论，则目眩神烦④，昏昏欲睡。

夫所贵读古人书者，借彼笔舌，活我心灵，亦安⑤取已腐之陈言，字权之，句衡之⑥？故从来文词家，代不乏人，惟无意于文者往往极其致⑦：如昔淳于、优孟⑧辈，彼其澜翻舌底⑨，何尝有意为文，乃仰天笑而冠缨绝⑩也，摇头歌而临槛疾呼⑪也，能使暴者颐解⑫，怒者粲发⑬，文章之妙，莫过于是。而村学究⑭泥⑮于举业⑯之说，拾一二绮语⑰，如落霞孤鹜⑱等句，遂谓千古致文，亦可姗⑲矣！

意兴偶到，因就几案⑳间，检其最适意者，得百余首，题曰："文致"。一再读之，可以清俗肠㉑，可以醒倦眼。至时贤名集，多目所未睹，无能穷览也。虽然，予下上今古，不为宇宙大观，而乃嗜戋戋是集㉒，致则致矣，不几㉓舍名花而耽幽卉㉔乎？

予固有感焉：艳桃浓李，有目者共赏，而渊明友菊㉕，君复妻梅㉖，百世之下，逸客骚人㉗，且徘徊焉，凭吊焉，欲一仿佛其丰韵而不得，则人可无致哉！则人可无致哉！

【注释】

① 坡公：宋朝文学家苏东坡。

② 津津：是说言谈有味。

③ 正心诚意：使人心归向于正，叫"正心"。"诚意"就是诚心的意思。《大学》上说"意诚而后心正"，"正心""诚意"各为《大学》八条目之一。

④ 目眩神烦：是说眼花缭乱，心神烦闷。眩，有眼花的意思。

⑤ 安：何。

⑥ 字权之，句衡之：是说斟酌字句。

⑦ 极其致：穷尽文章的旨趣。致，有二意，一是至，"致文"即"至文"；此作"趣"解，又如文末"人可无致哉"，就是说"人可以没有趣味吗"。

⑧ 淳于、优孟：淳于是指战国齐人淳于髡，他博闻强记，滑稽多辩，几次出使诸侯，不曾屈辱。优孟是春秋时楚国的乐人，多智辩，和人谈论，常在谈笑之间，托词规劝对方。如庄王的爱马死了，想用大夫的礼去埋葬它，优孟就讽刺他"贱人而贵马"；又如孙叔敖死了，他的儿子很穷，优孟便穿戴叔敖的衣帽，一年多的时间，打扮、谈话都像叔敖，见了庄王便作

歌来感动他，庄王于是召见叔敖的儿子，给予封地。司马迁曾作《滑稽列传》称述他们的事迹。

⑨ 澜翻舌底：是形容言辞的滔滔不绝。

⑩ 仰天笑而冠缨绝：缨，指帽带。绝有断的意思。这一句是指淳于髡的故事。齐威王的时候，楚国大军进攻齐国。威王派淳于髡出使赵国讨救兵，只准备了十斤黄金，十乘车马。淳于髡乃仰天大笑，以至于帽带都笑断了。他说："今天我从东方来，看到路旁有一个人正在祈祷，他供上一只猪腿和一瓶酒，却祈求老天爷使他五谷丰收，满坑满谷，堆满他家仓库。他的祭品那么少，他的要求却那么多，这不是很好笑吗？"威王听说，乃以充分的财物随淳于髡献给赵王，赵王乃以大军救齐，解救了齐国的危机。

⑪ 摇头歌而临槛疾呼：槛，指门槛。这一句是指优旃（zhān）的故事。优旃是秦国的一个侏儒，善为笑言。秦始皇的时候，有一次宴会，下大雨，站在台阶下的侍卫被淋得全身发寒。优旃很同情他们，就在殿上群臣向秦始皇上寿呼"万岁"的时候，优旃走近门槛的地方向外大叫："卫士们！"卫士们都回答："有！"优旃说："你们这些卫士长得高头大马，又有什么用呢？下雨了，还要站在雨中受冻；我虽长得矮小，却可以舒舒服服地在这里喝酒。"秦始皇听说，就命令卫士轮班休息。

⑫ 暴者颐解：性情暴戾的人怒气全消了。

⑬ 怒者粲发：正在发怒的人也会大笑。粲发是指笑的样子。

⑭　村学究：指号称读书人却没有真正学识的人。

⑮　泥：拘泥。

⑯　举业：科举考试的学问，或称"举子业"。

⑰　绮语：指华丽的辞藻。

⑱　落霞孤鹜：唐朝诗人王勃诗：落霞与孤鹜齐飞，秋水共长天一色。

⑲　姗：讥笑。

⑳　几案：指桌子。

㉑　清俗肠：意指阅读《文致》这部书可以涤除人的俗虑。

㉒　戋戋是集：戋戋，有浅小的意思。是集，指《文致》这部文集。

㉓　几：有"将近""相去不远"的意思。

㉔　舍名花而耽幽卉：意指"舍弃了洋洋大观的名作，却独挑选别具清雅有致的小文"。卉，草的总名。

㉕　渊明友菊：晋朝隐逸诗人陶渊明独爱菊花，以菊花为知己。

㉖　君复妻梅：君复即宋人林逋。林逋隐遁西湖，不娶、无子，所住地方种了很多梅树，养了很多鹤鸟，后人谓其"妻梅子鹤"。

㉗　逸客骚人：逸客就是隐士，骚人则指诗人。

每个人都有读到乏味的书籍而昏昏欲睡的经验，《爱丽丝漫游奇境记》（*Alice in Wonderland*）的主角爱丽丝在进入梦中世界之前，偷瞧了她姐姐看的书，那书里又没有画儿，又没有说话，她不禁提出这样一个问题："一本书里又没有画儿，又没有说话，那样的书要它干什么呢？"童言童语，却有几分道理。如果一本书不能让我们的心灵整个活跃起来，反而让我们沉沉睡去，那么，这样的书，要它干什么呢？

当然，事实没有这么简单，爱丽丝的年龄无法领会她姐姐书中的趣味，不同心智的读者，自然要有不同的内容来适应他的要求。古今有许多文学选集，因为考虑到不同的对象，而有不同的编排。明代盛行的小品文选集在编选的旨趣上可以看出一个共同的倾向，那就是以趣味为主。例如，《媚幽阁文娱》，书名特标以文娱人的宗旨；《明文奇艳》《明文奇赏》等，以奇取胜；《古文品外录》，人弃我取；《枕中秘》《宝颜堂秘笈》都以秘本号召；刘士鳞编选集，取名为《文致》，也是以适意和趣味为主。这种现象和当时通俗文学的兴盛有密切关系，除了小品文的选集之外，当时有许多有评点和绣像（就是现在的版画插图）的小说、时曲、剧本，等等，也都是迎合一般民众阅读的读物。

一般民众在工作之余，以书消遣，当然不愿意正襟危坐，听人训话。"落霞孤鹜"等名言绮语，流传既久，新意已失，不能活人心灵。于是刘士鏻在浓艳的桃李之外，寻求素淡的菊梅的丰韵；名花已为众人所赏，幽卉还有野致可观。宇宙大观，壮言伟论，诚然惊世骇俗；戋戋小品，野谈俗见，未必不能博君一粲。无意为文，而性灵自现，开卷之际，或能免于昏睡吧。

至于淳于髡、优孟之辈，滑稽突梯，笑谈之间，排难解纷，消弭戾气于无形，汉朝的司马迁即已推崇备至。读者如能另具慧眼，小中见大，轻松中领会人生至理，小品何尝不为至文？

【作者简介】

刘士鏻，字越石，武林人。除了《文致》，还评选《明文霱》一书，是小品文的选家。

《文娱初集》序

郑元勋

　　读书不求解，犹訾食不肥体①也，不如勿读；即解以求得，已不胜不解之苦。何如不假钻味②，美好盈眸；听乐闻香，矇人③亦知称善，斯为快事。予少时好妙赏文，惟此专嗜，进以沉博大章④，心非不敬，如对端方之士⑤，峨冠铁面⑥，爱不敌畏矣！

　　丁卯⑦秋失怙⑧以来，形神放废，并是文困琼粒⑨，亦稊稗⑩弃之，不惜抱影衔思，忽忽不知所属⑪。偶于数见不鲜之外，采新获秘⑫，令我初览陶纵，竟读笑啼⑬，不啻饮神浆，聆天乐，于渴且倦之时也，絓（guà）结顿解⑭。回视曩辰⑮所赏，又复听而欲卧。

　　夫人情喜新厌故，喜慧厌拙，率为其常，而新与慧之中，何必非至道所寓？晏子、东方生以谐戏行其谲谏⑯，谁谓其功在碎首剖心之下？文以适情，未有情不至而文至者。侠客、忠臣、骚人、逸士，皆能快其臆而显摅之⑰，故能谈欢笑并，语怨泣偕⑱。

彼有隐约含之，不易见者，进则为圣为佛，退则一顽钝者之不及情而已[19]。

吾以为：文不足供人爱玩，则六经之外俱可烧。六经者，桑麻菽粟之可衣可食也；文者，奇葩文翼[20]之怡人耳目，悦人性情也。若使不期美好，则天地产衣食生民之物足矣；彼怡悦人者，则任益而并育之[21]，以为人不得衣食不生；不得怡悦则生亦槁[22]，两者衡立而不偏绌[23]。然六经不可加，而诸文可加[24]，犹花鸟非必日用不离，而但取怡悦，不无今昔开落之异。若以代开代落之物，必勿许荐新而去陈[25]，则亦幽滞者之大惑已！

爱摘其尤[26]，汇为兹集，密尔怡悦，初不以持赠人，但念昔人放浪之际，每著文章自娱，余愧不能著，聊借是以收其放废，则亦宜以娱名。

戊辰[27]冬过云间[28]，私视眉公先生[29]，若有甚获其心者，爱而欲传，援牍[30]为序曰："人之娱此，当有什伯[31]于子之自娱者，神浆天乐，而子是私之，毋乃不祥乎！"余弟然其言，乃次第订梓[32]，阅二岁，庚午[33]初夏，工始竣[34]。

【注释】

① 訾食不肥体：訾，恶也。人如果不喜欢吃东西，身子就长不胖。

② 钻味：精究书中道理，细加体会。

③ 矇人：盲人。

④ 沉博大章：精深博大的篇章。

⑤ 端方之士：正直的人。

⑥ 峨冠铁面：峨冠，高冠阔带，为士大夫之衣服。铁面，大公而不偏私。

⑦ 丁卯：明熹宗天启七年（1627）。

⑧ 失怙：丧父。

⑨ 文囷琼粒：形容佳妙的作品。囷，圆形的藏米仓。粒，指米谷。

⑩ 稊稗：稊，草名，内含米而细，形似稗。稗，粟类，叶如稻，实如黍，微苦。稊稗，比喻微贱之物。

⑪ 忽忽不知所属：是说精神恍惚无定，没有依托。

⑫ 采新获秘：是说发现新鲜、难见的书籍。

⑬ 初览陶纵，竟读笑啼：初读时陶然忘我，无拘无束，读罢深受感动，与作者一般或笑或啼。

⑭ 絓结顿解：心中的困结立刻解除。絓，有阻碍的意思。

⑮ 曩辰：前日；不久前。

⑯ 晏子、东方生以谐戏行其讽谏：谲，讽谏，谓不直接批评君王的过错。晏子名婴，是春秋时代齐国的大夫；东方生，是汉朝人，名朔，字曼倩。晏婴和东方朔都善于谐谑滑稽，在谈笑间寓讽刺，不用直谏，即能使君王改过迁善。

⑰ 快其臆而显撼之：称心喜悦，表白胸怀。撼，有舒布、表现的意思。

⑱ 谈欢笑并，语怨泣偕：谈到欢心之事，笑声并出；说及哀怨之情，眼泪齐落。形容文情合一，流露无遗。

⑲ "彼有隐约含之……不及情而已"数句：指感情不外露的人，要不是境界很高，如圣如佛，就是麻木不仁，毫无感情。

⑳ 奇葩文翼：葩，花也。文翼，指有鲜艳文饰的翅膀。

㉑ 任益而并育之：任其增加而一并给予培育。

㉒ 槁：枯槁乏味。

㉓ 偏绌：偏废。

㉔ "六经不可加"两句：经书是圣贤的制作，诸文指一般文章。经书的种类，因为时代不同，而有九经、十三经的说法，但是总以《诗》《书》《易》《礼》《乐》《春秋》为主。因为其内容高不可及，所以后代文章虽然不断增加，总不能跻身经书之林。当然，这只是儒家学者的看法，不同的学派自有他们所推崇的经典。

㉕ 荐新而去陈·也就是推陈出新之意。

㉖ 爰摘其尤：爰，于是。摘其尤，选择最好的作品。

㉗ 戊辰：明思宗崇祯元年（1628）。

㉘ 云间：地名，即今上海市松江区。

㉙ 眉公先生：明朝陈继儒，号眉公，工诗能文，书画皆佳，是明末有名的文士，编著甚多。

㉚ 援牍：握笔写文章。

㉛ 什伯：十倍、百倍。

㉜　订梓：装订付印。

㉝　庚午：明思宗崇祯三年（1630）。

㉞　竣：工作完毕。

【说明】

《文娱》，全名《媚幽阁文娱》，为郑元勋所编。选入的作品以与编者时代相近的明末作家为主，够得上"当代文选"之称。《文娱》有初集、二集两编。以当代人选当代作品，而又能普遍为读者所接受，以致有二集之编，可见当时文学风尚所在。

人情不免崇古卑今，晚明对当代文学则采肯定的态度。郑氏在《文娱二集》序里这样说：

> 圣贤有不易之理，翼虚驾伪，浸失其故，不若先民朴直之言，庶几近之，余则述我见闻，抒其独得，学积而博于前，智浚而灵于昔，经制异而人事新，宜多前人所不备者，故余初集哀举目前之文，而二集复踵其后，不更凌而上之。盖以师古者师其美，非师其年也；师其美，苟其文焯焯翘翘，益人意智，斯收之，于前后乎何分？

这样的观点远自李卓吾揭示"童心"、袁中郎标榜"性灵"以后，即普遍为人所接受，我们将在《文论》篇续予说明。

此外，郑氏对于文章的趣味性有较详细的发挥。他认为经书如桑麻菽粟，供人衣食，是生活必备之物；后代文章如花鸟，怡悦人们的耳目性情，使人的生活免于枯槁，也许它没有经书的永恒性，但却也是人生所不能偏废之物。

还有两种心理因素支持郑氏选文的态度。一是，人情趋易避难，文字平易的小品短章，总是较艰涩难懂的大块文章易读易赏。沈博大章不是不好，但是，他用了一个比喻甚好，就好像我们现在的青年面对道貌岸然的大人先生们说人生的大道理，心里先已敬畏三分，不敢正视，因此无法领受先生谆谆告语里面的深刻体验，那就更不用说去爱去接近了。

再者，"人情喜新厌故，喜慧厌拙。"再好吃的东西也都有吃腻的时候，再宝贵的衣服，也都有穿厌的时候。餐餐大鱼大肉，令人向往素菜淡粥。换口味是人之常情：服装设计师因此要一时迷你，一时迷他；电影导演时而刀剑齐挥，时而鬼怪吓人，又时而幻想外太空……文章家也不得不绞尽脑汁，创造新形式，提供新经验，以博取读者的欢心。

但是一味标新立异，逞其小慧，有时不免放辟邪侈，大乖人情，而为正人君子所不齿。郑元勋认为犯颜直谏，不惜碎首剖心的忠臣，固然可歌可泣；晏婴、东方朔之流在诙谐戏谑之中使人改过迁善，亦值得赞许。新慧之中何尝不能寓有至情至道？只有文情合一的篇章，才能感人至深、为人爱玩，而不必焚毁。

最后，《文娱》这个书名既然强调趣味和谐戏，那么，会不会只是文字游戏而已呢？且看《文娱二集序》的说明：

若夫所收者多名理、经济、节烈之言，即游览谐谑，不失肃括，似于"娱"之义戾，而余之所谓"娱"者实存乎此也。夫人无所用于世，即自命超然绝俗，皆矫耳。故汉之仙隐，吾取留侯（张良），而不取赤松子（古代的仙人）；三国名士，吾取诸葛君（诸葛亮），而不取孔北海（孔融）；晋之风流，吾取羊（羊祜）、谢（谢安）两太傅，而不取竹林诸贤（竹林七贤包括：山涛、阮籍、嵇康、向秀、刘伶、阮咸、王戎）；唐之骚雅，吾亦取邺侯（李泌）、卫公（李靖），以为不逊李（李白）、杜（杜甫），其于考论文词，亦若是焉则已矣。司马长卿（司马相如）作赋，穷极淫丽，归本讽喻，奢始而俭终，蔼然将其匡救之意。余小子伏在草莽，独无寄托乎？

作者的态度就如下列格言小品之斟酌于出世入世间：

必出世者，方能入世，不则世缘易堕；必入世者，方能出世，不则空趣难持（引自《醉古堂剑扫》，请参考后文清言篇）。

汉代的张良、三国的诸葛亮等人都是用世又出世的人，所以他们的超然绝俗，特别真诚可贵。至于文词，则要在淫丽中寓讽喻，谐谑中含肃括，娱悦中有至道，用现在的话说：既要有娱乐性，又要有教育性。

至于娱乐性与教育性如何调配方至化境呢？恐怕不好说，且让我们直接从作品中去参悟吧！

【作者简介】

郑元勋（1604 — 1645），字超宗，号惠东，江都人。天启四年举人，历官兵部职方司主事，明亡后卒，四十二岁。著作有《影园集》一卷（收入《乾坤正气集》和《文娱》）等。

《文娱》序

陈继儒

往丁卯前，珰网告密[1]，余谓董思翁[2]云："吾与公此时，不愿为文昌[3]，但愿为天聋地哑[4]，庶几免于今之世矣[5]。"郑超宗闻而笑曰："闭门谢客，以文自娱，庸何伤？"

近年缘读礼[6]之暇，搜讨时贤杂作小品题评之，皆芽甲[7]一新，精彩八面，有法外法，味外味，韵外韵[8]，丽典新声[9]，终绎奔会，似亦隆万[10]以来，气候秀擢[11]之一会也。

往弇州公代兴[12]，雷轰霆鞫[13]，后生辈重跰[14]而从者，几类西昆之宗李义山[15]，江右之宗黄鲁直[16]。楚之袁氏[17]，思出而变之，欲以汉帜易赵帜[18]，而人不尽服也。然新陈相变，作者或孤出，或四起，神鹰掣鞲而擘九霄[19]，天马脱辔而驰万里，即使弇州公见之，亦将感得气之先，发"起予"[20]之叹。白乐天[21]有云："天下无正声，悦耳即为娱。"[22]岂是之谓耶？

超宗曰："吾侪草士，岂敢洋洋浮浮[23]，批判先觉[24]；但古豪隽必有寄，如皇甫淑㉕，杜预癖㉖，柱下之五千言㉗，毗耶之四十九年法㉘，即至人累世宿劫㉙，不能断文字缘，况吾辈乎？尝反复诸贤文，一读之蠲愁㉚，再读之释涕，三读之不觉呻吟疾痛之去体也，其庶几大祥之援琴㉛乎哉！"

余曰：宁唯是？开元㉜中，将军裴旻㉝居丧，诣吴道子㉞，请画鬼神于东都㉟天宫壁，以资冥福㊱。答曰："将军试为我缠结㊲，舞剑一曲，庶因猛厉以通幽冥㊳。"旻唯唯㊴。脱去缞服㊵，装束走马，左旋右转，挥剑入云，高数十丈，若电光下射；旻引手执鞘㊶承之，剑透室而入。观者数千人，无不惊栗。道子于是援毫图壁，飒然风起，为天下之壮观。

郑超宗，磊落侠丈夫，文章高迈，名流见之皆辟易㊷，出其精鉴，选为《文娱》，斯亦吴道子东都之画壁耳。若康乐娱于清燕㊸，玄晖娱于澄江㊹，未足比于《文娱》之壮观也。眉道人陈继儒书于砚庐中。

【注释】

① 往丁卯前，珰网告密：珰，指宦官。丁卯，熹宗天启七年，此年宦官魏忠贤被诛。先是神宗万历间，顾宪成与高攀龙重修宋朝杨时的东林书院，一时党祸大兴，诛斥殆尽，藉其名颁示天下。等到忠贤伏诛，公论才明，所以说："往丁卯前，珰网告密。"

② 董思翁：为明朝大书法家董其昌，字元宰，号思白，诗文皆佳，与陈继儒齐名。

③　文昌：即梓潼帝君，神名。《明史·礼志》上说："梓潼帝君者，姓张，名亚子，居蜀七曲山，仕晋战没，人为立庙。"道家说梓潼掌文昌府事及人间禄籍。

④　天聋地哑：是说人的自然聋哑，不闻不语。

⑤　庶几免于今之世矣：差不多可以在今世免于祸害了。

⑥　读礼：古人居丧则辍业，只有《礼》书中关于丧祭的部分才读，所以称居丧叫"读礼"。

⑦　芽甲：指草木刚长出的子叶。

⑧　"法外法"三句：指文章的法则格律及其风韵趣味都不同于一般的律则。

⑨　丽典新声：指辞藻华丽清新。

⑩　隆万：隆是指穆宗的年号隆庆（1567—1572），万是指神宗的年号万历（1573—1619）。

⑪　气候秀撅：气候，比喻文学风尚；秀撅，杰出也。

⑫　弇州公代兴：弇州公是指明朝王世贞，又号弇州山人。标榜复古，有"诗必盛唐、文必西汉"之论。

⑬　雷轰霆鞫：喻威势盛大，不可抵抗。疾雷为"霆"。鞫，疑当作"訇"，有"大声"的意思。

⑭　重趼：亦作"重茧"，足久行而生重累的硬皮。趼，脚底皮肤因摩擦过度所生的水泡或皮叫"趼"。

⑮　几类西昆之宗李义山：几，有"将近，相近不远"的意思。李义山，是晚唐唯美诗人李商隐，又号玉溪生。宋朝杨亿、

38

刘筠、钱惟演等人的诗，宗法义山，和同时各人唱和的诗，合为一集，叫《西昆酬唱集》，后遂称为西昆体。西昆体的诗，好用偏僻的典故，不容易索解。

⑯　江右之宗黄鲁直：黄鲁直是宋朝诗人黄庭坚，号山谷道人。讲究诗法，诗境深刻，是江西诗派的宗主。江右即江西。

⑰　楚之袁氏：指明朝公安派的领导人物三袁兄弟：袁宗道、袁宏道和袁中道。三袁，公安人，其文体世称公安派或公安体。

⑱　以汉帜易赵帜：比喻三袁兄弟想夺取弇州的席位主持文坛。

⑲　神鹰掣鞲而擘九霄：是说神鹰挣脱臂衣而上击九霄。鞲，臂衣。九霄，指天极高的地方。

⑳　起予：启发我的心意。

㉑　白乐天：指中唐社会写实诗人白居易，字乐天，自称香山居士，又号醉吟先生。他的诗清新婉丽，平易近人，和元稹唱和，世称元白。

㉒　天下无正声，悦耳即为娱．天底下没有绝对标准的声音，只要悦顺入耳，就可以有娱乐的效果。

㉓　洋洋浮浮：洋洋与浮浮，原意都是水势很盛的样子，此处则借以指人的气势汹汹。

㉔　先觉：是说觉道最早，此指"先辈"而言。

㉕　皇甫浧：皇甫是指晋朝皇甫谧。谧弱冠以后奋志励学，博通典籍，武帝屡次征召不赴，上表请就帝借书，帝选书一车给他，隐居而终，自号玄晏先生。《晋书》上说皇甫谧"耽玩典籍，

忘寝与食，时人谓之书淫"。"淫"有浸淫的意思。

㉖ 杜预癖：晋朝杜预修经籍，作《春秋左传集解》，曾对武帝说："臣有《左传》癖。"

㉗ 柱下之五千言：老子，曾做柱下史，作《道德经》五千言。

㉘ 毗耶之四十九年法：毗耶，地名，亦作毗邪。《维摩经》："尔时毗邪大城中有长者名维摩诘。"维摩诘，菩萨名。此处之毗耶，即指维摩诘。又，释迦牟尼在迦耶山之菩提树下，大有所悟，遂四出说法，共四十余年。此所谓四十九年法应即指佛教之经典。

㉙ 至人累世宿劫：至人指圣人。劫，灾厄。佛经说天地的一成一败叫一劫。

㉚ 蠲愁：忧愁得以解除。蠲，有免除的意思。

㉛ 其庶几大祥之援琴：整句话是说有如制终而得援琴之乐。因眉公正居丧读《礼》，故以此为喻。大祥，亲丧祭名。《礼》："父母之丧，期而小祥，又期而大祥。"此日丧主及诸子奉亡者的神主入祭于庙，乃撤寝室灵座等，俗亦称"除灵"。

㉜ 开元：唐玄宗年号。

㉝ 裴旻：唐人，善舞剑，和李白诗歌、张旭草书合称三绝。

㉞ 吴道子：字道玄，唐朝人，善绘画，称"画圣"。

㉟ 东都：指洛阳。

㊱ 以资冥福：为死者增福。

㊲ 缠结：结束衣服。

㊳　庶因猛厉以通幽冥：吴道子希望借着裴旻剑舞所表现的威猛勇武的精神来与幽冥中的鬼神相沟通，以启发他作画的灵感。

㊴　唯唯：恭敬答允的话。

㊵　縗服：丧服，以麻布披于胸前，三年之丧用之。

㊶　鞘：刀室，刀套。

㊷　辟易：退避。此处有"避此人出一头地"之意。

㊸　康乐娱于清燕：康乐是指南北朝的山水诗人谢灵运，因袭封康乐公，故有此称。灵运晚年官场失意，归栖庄园，大宴宾客，纵情山水。燕，通"宴"。

㊹　玄晖娱于澄江：玄晖是南北朝诗人谢朓的字。谢朓曾为宣城太守，境中多佳山水，谢朓游历殆尽，风流文采，扬炳一时。所作《晚登三山还望京邑》诗有"余霞散成绮，澄江静如练"的佳句，流传千古。后逃避党祸，仍不免下狱死，死时年方三十六。

【说明】

陈继儒这篇文章很清楚地说明了晚明小品文之所以发达的原因。

首先，他说小品文产生在隆庆、万历以后。这段时间正是宦官擅权、为祸最烈的时候。在地方上，由宦官充任的矿使税监遍布天下，强征暴敛，吸髓饮血，而到处激起民变，所以有人说："明之亡，不亡于崇祯而亡于万历。"在中央政府方面，由于神宗昏庸，魏忠贤把持了政务，他结合了一批依附的朝臣，被称为"阉党"（"阉"就是宦官），和在东林书院讲学而批评朝政的所谓"东林派"成为壁垒分明的浊流清流的斗争。因为魏忠贤掌握了可称为特务警察的"东厂""锦衣卫"等机构，所以利用职权对反对者加以毫不宽恕的镇压，予以逮捕投狱，严刑逼供。在所谓的"三案"（梃击案、红丸案、移宫案）的政治斗争中，东林党人被株连逮捕而遭放逐杀害的，不计其数。在凭借恐怖手段统治的时局中，人人自危，生命朝不保夕，这就是陈继儒愿为天聋地哑的原因。魏忠贤在天启初年，新天子即位后，被迫自杀而亡。朝廷还将其尸体处以磔刑，纾解民愤。然而，国家元气大伤，已经一步一步走向灭亡之路了。

再从文学史的发展来看，小品文是在复古派溃散以后蓬蓬勃勃发展起来的。整个明代文学思想的主流，是复古派的拟古主义。执文坛牛耳的是所谓的前、后七子，前七子以李梦阳、何景明为领袖，他们主张"文崇秦汉，诗必盛唐"，他们认为创作文学应该一字一句地摹拟古人作品；后七子以李攀龙和王世贞为首，结社宣传，发挥前七子的理论，自吹自捧，把持文坛。在这种风气下，有如邯郸学步，一步一趋，字摹句拟而食古不化。思想空洞不说，文章聱牙戟口，更令人无法卒读。

对复古理论迎头痛击的是公安派的袁氏三兄弟。袁中郎讥笑那些抄袭剽窃的文章是"粪里嚼渣，顺口接屁，一个八寸三分帽子，人人戴得"的假古董，这一类激烈的批评动摇了复古派的基础。袁中郎提出新的观点：他认为文学是进化的，一个时代有一个时代的作品，不必摹古。他主张创作要"独抒性灵，不拘格套"，只要发人所不能发，——从自己胸中流出，不必拘泥一定的字句和固定的格式。由此观念出发，他认为民间的时曲、小说、戏剧等都是古今至文。

这类主张，虽如陈继儒所说"人不尽服"，但是他解除了复古派加在创作者身上的脚镣手梏，从此以后，人人可以自由自在地活动，人人肯定自己的能力，尽情发挥，就像"神鹰掣鞲""天马脱羁"，文坛呈现一番欣欣的景象，小品文迎来大丰收季。

此外，陈继儒也指出小品文的风格特色。他说小品文有"法外法，味外味，韵外韵"，话说得很抽象，其实就和他自己编书取名《古文品外录》一样，所强调的是在正统的标准之外，有新风格，新趣味。虽然这些文章在某些人眼里只是杂作（可见题材之广泛）、小品（不是大块文章），但是就如唐朝诗人白居易所谓：天下没有绝对的正声，只要能够听起来悦耳，自然有音乐娱人的价值。就好像现在的人听古典音乐，不一定要排斥流行歌曲、校园歌曲。小品文是"新声"，陈继儒给予肯定的评价。

最后，对于郑氏此书命名之意，陈氏认为：除了以文章为寄托，以消愁释涕、减除身心病痛之外，不能忽视文章积极的化世作用。他引了有名的唐朝画家吴道子画壁的故事，认为艺术可以感通幽冥，形成壮观。传说中国古代仓颉造字的时候，"天雨粟，鬼夜哭"。文字的力量，我们向来未曾忽视，小品文除了供人消遣之外，是否也能感动天地，震撼人心呢？且让我们逐篇观去。

【作者简介】

陈继儒（1558—1639），字仲醇，号眉公，松江华亭人。以诸生隐居昆山之南，后又筑室于东余山，杜门著述，诗文书画兼喜，名倾东南河山。上自缙绅大夫，下至工贾倡优，经其题品，便声价重于一时。可是名满天下，谤亦随之，时人曾经嘲笑他："妆点山林大架子，附庸风雅小名家。终南捷径无心走，处士虚声尽力夸。獭祭诗书充著作，蝇萤钟鼎润烟霞。翩然一只云间鹤，飞来飞去宰相衙。"意思是说陈眉公号为隐士，却专门往来于达官显宦之门。朝廷屡次征召他，他都以病推辞，终生不仕，死时年八十二。一生著述甚多，有《陈眉公先生全集》《宝颜堂秘笈》《古文品外录》等。

题《闲情小品》序

华淑

夫闲，清福也，上帝之所吝惜，而世俗之所避也。一吝焉，而一避焉，所以能闲者绝少。仕宦能闲，可扑长安马头前数斛红尘①；平等人闲，亦可了却樱桃篮内几番好梦②。盖面上寒暄，胸中冰炭③。忙时有之，闲则无也；忙人有之，闲则无也。昔苏子瞻晚年遇异人呼之曰："学士昔日富贵，一场春梦耳。"夫待得梦醒，已忙却一生矣。名墦利垄④，可悲也夫！

余今年栖⑤友人山居，泉茗为朋，景况不恶，晨起推窗：红雨乱飞，闲花笑也；绿树有声，闲鸟啼也；烟岚灭没，闲云度也；藻荇⑥可数，闲池静也；风细帘清，林空月印，闲庭悄也。以至山扉昼扃⑦，而剥啄⑧每多闲侣；帖括⑨困人而几案每多闲编；绣佛长斋⑩，禅心释谛⑪，而念多闲想，语多闲辞。闲中自计，尝欲挣闲地数武⑫，构闲屋一椽⑬，颜⑭曰"十闲堂"，度此闲身，而卒以病废，亦以闲不能攻也。

长夏草庐，随兴抽检，得古人佳言韵事；复随意摘录，适意而止，聊以伴我闲日，命曰《闲情》。非经非史非子非集⑮，自成一种闲书而已。然而庄语足以警世，旷语足以空世，寓言足以玩世，淡言足以醒世。而世无有醒者，必曰此闲书不宜读而已。人之避闲也如是哉！然而吾自成其非经非史非子非集之闲书而已。

【注释】

① 可扑长安马头前数斛红尘：斛，十斗为斛，一种量器。长安，在今陕西省西安市，自从汉代建都于此，后代许多帝王也选择此地建都。文章家乃以长安为国都之通称。红尘，就是尘埃。此句意谓可以平息在热闹繁华的都城因争名利而惹起的人事纷扰。

② 可了却樱桃篮内几番好梦：《太平广记》有一则"樱桃青衣"，叙述唐代天宝年间，卢生梦见一位手提篮子、内盛樱桃的侍女，和她回到主人家，而与其亲戚之女结婚，婚后又宦场如意，连续升迁的故事。此句意谓可以了结人世婚宦的几番美梦。

③ 面上寒暄，胸中冰炭：寒暄，犹寒温。冰炭，性质相反，不相容也。此句意谓与人相见，表面道寒暄，内心却彼此不相容也。

④ 名播利垄：播，坟冢。垄，亦指坟墓。名播利垄，指名利犹如埋葬人们的坟墓。

⑤ 栖：居住。

⑥ 藻荇：水草也。

⑦ 山扉昼扃：扉，门扇。扃，关也。此句谓山居白天关着门。

⑧ 剥啄：形容叩门的声音。韩愈诗："剥剥啄啄，有客至门。"

⑨ 帖括：科举时代称应试文为帖括。

⑩ 绣佛长斋：绣佛，指刺绣装饰的佛像。长斋，指终年吃素。

⑪ 禅心释谛：谛，佛典用语，义同真言。禅心释谛，谓静心依归佛家真言。

⑫ 数武：半步曰武，数武意谓土地面积不大。

⑬ 一椽：椽，承屋瓦之圆木。屋一椽，犹今人所谓一栋房子。

⑭ 颜：此作动词用，指在匾额上题字。

⑮ 非经非史非子非集：自从《隋书·经籍志》分书籍为经、史、子、集四部后，后代都依此分类书籍。作者此句自谦所作书为闲书，不能归类也。

【说明】

生活在工商忙碌、生活紧张的现代社会的人，看到华淑所描述的"一闲"式的生活，真是心向往之。闲，是清福，大家都承认，但是，有几人能真闲，有几人懂得忙里偷闲？

明人似乎最懂得闲适之乐，也最努力去追求闲适的生活，所以描述闲居的文字也特别多，随手录数则如下：

居闲胜于居官，其事不一，其最便者尤于暑月见之。自早烧香食罢，便搔首衩袒；裙鞵（sǎ）从事，藤床竹几，高枕北窗，清风时来，反患太凉，挟策就枕，困来熟睡。晚凉浴罢，杖履逍遥，

临池观月，乘高取风，采莲剥芡，剖瓜雪藕，白醪三杯，取醉而适，其为乐殆未可以一二数也。（沈仕：《林下盟》，见《续说郛》）

余家深山之中，每春夏之交，苍藓盈阶，落花满径，门无剥啄，松影参差，禽声上下。午睡初足，汲泉煮茗啜之，随意读《周易》《国风》《左氏传》《离骚》《太史公书》及陶杜诗、韩苏文数篇，从容步山径，抚松竹，与麛犊共偃息于长林丰草间。归竹窗下，则山妻稚子，作笋蕨，供麦饭，欣然一饱……出步溪边，邂逅园翁溪叟，问桑麻，说粳稻，量晴校雨，相与剧谈一晌，归而倚杖柴门之下，则夕阳在山，紫绿万状，牛背笛声，两两来归，而月印前溪矣。（郑瑄《昨非庵日纂》卷十九《韬颖》）

余尝净一室，置一几，陈几种快意书，放一本旧法帖，古鼎焚香，素麈挥尘，意思小倦，暂休竹榻，饷时而起，则啜苦茗，信手写汉书几行，随意观古画数幅，心目间觉洒洒灵空，面上俗尘，当亦扑去三寸。（陆绍珩《醉古堂剑扫》卷五《素》）

从上面摘录的文句看来，明人在素朴的生活中求真趣，在清闲的日子里求适意，已经成为一种社会时尚，表现在文字中，便是带有烟霞气味的小品文字。这一类文字的代表作就是明末清初李渔的《闲情偶寄》一书，它很具体地把晚明名士派的生活旨趣展示了出来。该书共分八个部分：词曲、演习、声容、居室、器玩、饮馔、种植、颐养。从书中绘制的图谱及全书叙述的详尽看来，那不是一部空洞的理论著作，而是真实的生活记录：从建筑窗户、室内几榻、古物陈设、笔墨文具，到饮食衣物、竹木花卉等等都力求雅洁精致。而李渔叙述的文字也是上好的小品，兹录其中一段为例：

　　人无贵贱，家无贫富，饮食器皿，皆有必需。一人之身，百工之所为备，子舆氏尝言之矣。至于玩好之物，惟富贵者需之，贫贱之家，其制可以不问。然而粗用之物，制度果精，入于王侯之家，亦可同乎玩好；宝玉之器，磨砺不善，传于子孙之手，货之不值一钱。知精粗一理，即知富贵贫贱同一致也。予生也贱，又罹奇穷，珍物宝玩，虽云未尝入手，然经寓目者颇多，每登荣膴（wǔ）之堂，见其辉煌错落者，星布棋列，此心未尝不动，亦未尝随见随动，因其材美而取材之制用者，未尽美也。至入寒俭之家，睹彼以柴为扉，以瓮作牖，大有黄虞三代之风，而又怪其纯用自然，不加区画，如瓮可为牖也，取瓮之碎裂者联之，使大小相错，则同一瓮也，而有哥窑冰裂之纹矣；柴可为扉也，取柴之入画者为之，使疏密中窾，则同一扉也，而有农户儒门之别矣。人谓变俗为雅，犹之点铁成金，惟具山林经济者能此，乌可责之一切？予曰：垒雪成狮，伐竹为马，三尺童子，皆优为之，岂童子亦抱经济乎？有耳目，即有聪明；有心思，即有智巧，但苦自居为愚，未尝竭思穷虑以试之耳。（《闲情偶寄》卷十《器玩部·制

度第一》)

　　李渔的一套生活的艺术并非完全由富贵中来，他自己有相当贫穷的经验，所以他希望从一般人家寻常的住家环境中提升一种趣味识见来，使粗俗变为雅致。富贵不是人人可求的，李渔在平凡中寻求趣味的艺术观自然容易令人满足而予以接受。

　　华淑谈到《闲情小品》的编写情形是"随兴抽检""随意摘录"。有人批评明人这种态度是"獭祭诗书充著作"（獭，就是水獭。水獭喜欢吃鱼，常捕捉许多鱼陈列在一块，世人乃谓其祭鱼，后引申为堆积典故，抄袭字句为獭祭。此句原为时人批评陈眉公的话，说他割裂抄袭别人文章充当自己的著作）。其实，他们何尝不知这不是什么名山事业，他们不奢望把它当作正经的典籍来看，不过聊当消夏闲书而已。所以，有人把小品文称为"山林文学"，以与"庙堂文学"相对。就其思想来看，小品文不是积极入世的，而是出世隐逸的；就其写作态度来看也是个人的、适性的、言志的。视之有经世思想的大块文章，呼之为"小品"，岂曰不宜？

　　虽然华淑在文末亦多少有"醒世"之意，但是，犹如汉赋的"劝百讽一"，司马相如一篇劝谏汉武帝不要迷信神仙的《大人赋》，竟然使武帝读后"飘飘有凌云之志"。一味标榜"闲情"也可能抹消了人生的积极意义。我们虽然承认小品文的思想形式的偏异取向，确实丰富了中国的文学内容，其叙事物、抒情绪的手法也确实在古文之外别开生面。但是，也不能不知道小品文本身的局限及其人生观之不免狭隘。读者应慎思明辨，衡古律今，勿徒然昧惑于其隐遁的生活小情趣，是所至盼！

【作者简介】

华淑（1589—1643），字闻修，自号断园居士，无锡人。秉性静穆，笃于孝友，名利事不入胸臆，平居读书作诗，考据古今得失。编著有：《吟安草》《惠山名胜志》《明诗选最》《盛明百家诗》等。

第二章　传记篇

李温陵传

袁中道

李温陵者,名载贽①。少举孝廉②,以道远,不再上公车,为校官,徘徊郎署间。后为姚安太守。公为人中燠外冷③,丰骨棱棱④。性甚卞急⑤,好面折人过⑥,士非参其神契者不与言。强力任性,不强其意之所不欲。初未知学,有道学先生语之曰:"公怖死否?"公曰:"死矣,安得不怖。"曰:"公既怖死,何不学道?学道所以免生死也。"公曰:"有是哉!"遂潜心道妙。久之自有所契⑦,超于语言文字之表,诸执筌蹄者⑧了不能及。为守,法令清简,不言而治。每至伽蓝⑨,判了公事,坐堂皇上,或置名僧其间,簿书有隙,即与参论虚玄。人皆怪之,公亦不顾。禄俸之外,了无长物⑩,陆绩郁林之石⑪,任昉桃花之米⑫,无以过也。久之,厌圭组⑬,遂入鸡足山阅龙藏⑭不出。御史刘维奇其节,疏令致仕⑮以归。

初与楚黄安耿子庸善,罢郡遂不归。曰:"我老矣,得一二胜友，终日晤言以遣余日，即为至快，何必故乡也。"遂携妻女客黄安。中年得数男，皆不育^⑯。体素羸^⑰，澹于声色^⑱，又癖洁，恶近妇人，故虽无子，不置妾婢。后妻女欲归，趣归之。自称"流寓客子"^⑲。既无家累，又断俗缘，参求乘理，极其超悟，剔肤见骨，迥绝理路^⑳。出为议论，皆为刀剑上事，狮子迸乳，香象绝流，发咏孤高，少有酬其机者。

子庸死，子庸之兄天台公惜其超脱，恐子侄效之，有遗弃之病，数至箴切^㉑。公遂至麻城龙潭湖上，与僧无念、周友山、丘坦之、杨定见聚，闭门下键，日以读书为事。性爱扫地，数人缚帚不给。衿裙浣洗^㉒，极其鲜洁，拭面拂身，有同水淫。不喜俗客，客不获辞而至，但一交手，即令之远坐，嫌其臭秽。其忻^㉓赏者，镇日言笑，意所不契，寂无一语。滑稽排调^㉔，冲口而发，既能解颐，亦可刺骨。所读书皆钞写为善本，东国之秘语，西方之灵文，离骚、马、班之篇，陶、谢、柳、杜之诗，下至稗官小说之奇，宋元名人之曲，雪藤丹笔^㉕，遂字雠校，肌擘理分^㉖，时出新意。其为文不阡不陌^㉗，摅^㉘其胸中之独见，精光凛凛^㉙，不可迫视。诗不多作，大有神境。亦喜作书，每研墨伸楮^㉚，则解衣大叫，作兔起鹘落^㉛之状。其得意者亦甚可爱，瘦劲险绝，铁腕万钧^㉜，骨棱棱纸上。一日恶头痒，倦于梳栉，遂去其发，独存鬓须。公气既激昂，行复诡异，斥异端者日益侧目。与耿公往复辩论，每一札，累累万言，发道学之隐情，风雨江波，读之者高其识，钦其才，畏其笔，始有以幻语闻当事，当事者逐之。

于时左辖刘公东星迎公武昌，舍^㉝盖公之堂。自后屡归屡游：刘公迎之沁水，梅中丞迎之云中，而焦公弱侯迎之秣陵。无何，复归麻城。时又有以幻语闻当事，当事者又误信而逐之，火其兰若^㉞，而马御史经纶遂躬迎之于北通州。又会当事者欲刊异端以正文体，疏论之。遣金吾缇骑^㉟逮公。

初公病，病中复定所作《易因》，其名曰《九正易因》。常曰："我得《九正易因》成，死快矣。"《易因》成，病转甚。至是逮者至，邸舍忽忽，公以问马公。马公曰："卫士至。"公力疾起，行数步，大声曰："是为我也。为我取门片来！"遂卧其上，疾呼曰："速行！我罪人也，不宜留。"马公愿从。公曰："逐臣不入城，制也。且君有老父在。"马公曰："朝廷以先生为妖人，我藏妖人者也。死则俱死耳。终不令先生往而己独留。"马公卒同行。至通州城外，都门之牍尼^㊱马公行者纷至，其仆数十人，奉其父命，泣留之。马公不听，竟与公偕。明日，大金吾置讯，侍者掖而入，卧于阶上。金吾曰："若^㊲何以妄著书？"公曰："罪人著书甚多，具在，于圣教有益无损。"大金吾笑其崛强，狱竟无所置词，大略止回籍耳。久之旨不下，公于狱舍中作诗读书自如。一日，呼侍者薙发^㊳。侍者去，遂持刀自割其喉，气不绝者两日。侍者问："和尚痛否？"以指书其手曰："不痛。"又问曰："和尚何自割？"书曰："七十老翁何所求！"遂绝。时马公以事缓，归觐其父，至是闻而伤之，曰："吾护持不谨，以致于斯也。伤哉！"乃归其骸于通，为之大治冢墓，营佛刹云。

公素不爱著书。初与耿公辩论之语，多为掌记者所录，遂裒[39]之为《焚书》。后以时义诠圣贤深旨，为《说书》。最后理其先所诠次之史，焦公等刻之于南京，是为《藏书》。盖公于诵读之暇，尤爱读史，于古人作用之妙，大有所窥。以为世道安危治乱之机，捷于呼吸，微于缕黍[40]。世之小人既侥幸丧人之国，而世之君子理障太多，名心太重，护惜太甚，为格套局面所拘，不知古人清静无为、行所无事之旨，与藏身忍垢、委曲周旋之用。使君子不能以用小人，而小人得以制君子。故往往明而不晦，激而不平，以至于乱。而世儒观古人之迹，又概绳以一切之法，不能虚心平气，求短于长，见瑕于瑜，好不知恶，恶不知美。至于今，接响传声，其观场逐队之见，已入人之骨髓而不可破。于是上下数千年之间，别出手眼，凡古所称为大君子者，有时攻其所短；而所称为小人不足齿者，有时不没其所长。其意大抵在于黜虚文，求实用；舍皮毛，见神骨；去浮理，揣人情。即矫枉之过，不无偏有重轻，而舍其批驳谑笑之语，细心读之，其破的中窍之处，大有补于世道人心。而人遂以为得罪于名教，比之毁圣叛道，则已过矣。

昔马迁、班固各以意见为史：马迁先黄、老后六经，退处士进游侠，当时非之；而班固亦排守节，鄙正直。后世鉴二史之弊，汰其意见，一一归之醇正，然二家之书若揭日月，而唐、宋之史读不终篇，而已兀然作欠伸状，何也？岂非以独见之处，即其精光之不可磨灭者欤！且夫今之言汪洋自恣[41]，莫如《庄子》，然未有因读《庄子》而汪洋自恣者也，即汪洋自恣之人，又未必读《庄子》也。今之言天性刻薄，莫如《韩子》，然未有因读《韩子》而天性刻薄者也，即天性刻薄之人，亦未必读《韩子》也。自有此二书以来，读《庄子》者撮其胜韵，超然名利之外者，代不乏人，读申、韩[42]之书，得其信赏必罚者，亦足以强主而尊廷。即醇正如诸葛，亦手写之以进后主，何尝以意见少驳，遂尽废之哉！

夫六经洙泗之书[43]，粱肉也。世之食粱肉太多者，亦能留滞而成痞[44]，故治者以大黄蜀豆泻其积秽，然后脾胃复而无病。九宾之筵，鸡豚羊鱼相继而进。至于海错[45]，若江瑶柱之属[46]，弊吻裂舌，而人思一快朵颐[47]。则谓公之书为消积导滞之书可；谓世间一种珍奇，不可无一不可有二之书亦可。特其出之也太早，故观者之成心不化，而指摘生焉。

然而穷公之所以罹祸，又不自书中来也。大都公之为人，真有不可知者：本绝意仕进[48]人也，而专谈用世之略，谓天下事决非好名小儒之所能为。本狷洁自厉[49]，操若冰霜人也，而深恶枯清自矜，刻薄琐细者，谓其害必在子孙。本屏绝声色，视情欲如粪土人也，而爱怜光景，于花月儿女之情状亦极其赏玩，若借以文其寂寞。本多怪少可，与物不和人也，而于士之有一长一能者，倾注爱慕，自以为不如。本息机忘世，槁木死灰[50]人也，而于古之忠臣义士、侠儿剑客，存亡雅谊，生死交情，读其遗事，为之咋指砍案[51]，投袂而起，泣泪横流，痛哭滂沱而不自禁。若夫骨坚金石，气薄云天；言有触而必吐，意无往而不伸。排摈胜己，跌宕王公[52]孔文举调魏武若稚子[53]，嵇叔夜视钟会如奴隶[54]。鸟巢可覆，不改其凤咮；鸾翮可铩，不驯其龙性[55]。斯所由焚芝锄蕙，衔刀若卢[56]者也。嗟呼！才太高，气太豪，不能埋照涵俗[57]，卒就囹圄[58]，惭柳下而愧孙登[59]，可惜也夫！可戒也夫！

公晚年读《易》，著书曰《九正易因》。意者公于《易》大有得，舍亢入谦，而今遂老矣逝矣！公所表章之书，若《阳明先生年谱》，及《龙溪语录》，其类多不可悉记云。

或问袁中道曰："公之于温陵也学之否？"予曰："虽好之，不学之也。其人不能学者有五，不愿学者有三。公为士居官，清节凛凛，而吾辈随来辄受，操同中人，一不能学也。公不入季女之室，不登冶童之床，而吾辈不断情欲，未绝嬖宠[60]，二不能学也。公深入至道，见其大者，而吾辈株守文字，不得玄旨，三不能学也。公自少至老，惟知读书，而吾辈汩没尘缘，不亲韦编[61]，四不能学也。公直气劲节，不为人屈，而吾辈胆力怯弱，随人俯仰，五不能学也。若好刚使气，快意恩仇，意所不可，动笔之书，不愿学者一矣。既已离仕而隐，即宜遁迹入山，而乃徘徊人世，祸逐名起，不愿学者二矣。急乘缓戒，细行[62]不修，任情适口，鸾刀狼藉，不愿学者三矣。夫其所不能学者，将终身不能学；而其所不愿学者，断断乎其不学之矣。故曰虽好之，不学之也。若夫幻人之谈，谓其既已髡发[63]，仍冠进贤，八十之年，不忘欲想者，有是哉！所谓蟾蜍掷粪，自其口出[64]者也。"

【注释】

① 载贽：李贽，初名载贽，号卓吾，又号笃吾。此外又有温陵居士、百泉居士、宏父、思斋、龙湖叟、秃翁等号。

② 孝廉：《汉书·武帝纪》："元光元年冬十一月，初令郡举孝廉。""孝，谓善事父母者；廉，谓清洁有廉隅者。"

③ 中燠外冷：面冷心热，意思是表面上看起来很冷漠，内心却充满了热情。燠，热。

④ 丰骨棱棱：容态严冷的样子。

⑤ 卞急：性情躁急。

⑥ 面折人过：当面指责对方的过错。

⑦ 契：合。

⑧ 执筌蹄者：指执着于语言文字的人。《起信论义记·序》："真心寥廓，绝言象于筌蹄。"筌，取渔具，蹄，捕兔器；筌蹄用来捕捉鱼兔，却究非鱼兔。言说是用来诠释真理，而究非真理，所以说"绝言象于筌蹄"。

⑨ 伽蓝：佛寺。

⑩ 长物：多余的东西。

⑪ 陆绩郁林之石：陆绩，三国吴人，博学多识，尝作《浑天图》，并注《易》释玄，孙权辟为曹掾，以直道见惮，出为郁林太守后，他罢官还乡时毫无装备，以至于船太轻，过不了海，乃搬石船上增加重量，人称其廉，号郁林石。传说此石一直到唐

代还摆在陆氏后代陆龟蒙家门外。

⑫ 任昉桃花之米：任昉，南朝梁博昌人，武帝时为义兴、新安太守，为官清廉，于任中去世，家中只有桃花米二十斛。桃花米，指红腐粗劣的米。

⑬ 圭组：圭，指圭璧，古时王侯朝聘祭祀等所用的东西。组，指组缨，帽带。圭组比喻仕宦。

⑭ 龙藏：指佛教经典。传说大乘经典藏于龙宫，故云。

⑮ 致仕：辞官。

⑯ 不育：不能养育长大。

⑰ 体素癯：身体向来瘦弱。

⑱ 澹于声色：把声、色看得很淡。

⑲ 流寓客子：在外乡漂泊的游子。

⑳ 剔肤见骨，迥绝理路：剔，解也。剔肤见骨，比喻读书能够把握其神理精髓。迥，远也。迥绝理路，指读书能够穷尽思理不至之处。

㉑ 数至箴切：数，常常。箴，规诫。

㉒ 衿裙浣洗：衿，袍的前衽。浣，洗濯。

㉓ 忻：同"欣"。

㉔ 排调：嘲戏。

㉕ 雪藤丹笔：藤，一种竹子，可造纸，曰藤纸，雪藤，即白纸也。丹笔，即朱墨之笔。

㉖ 肌擘理分：擘，分裂也。肌擘理分，比喻分析得很精细。

㉗　不阡不陌：阡陌，本指田间道路，四方纵横。此处用以比喻文章牵引甚多。不阡不陌，指为文不袭用人言语。

㉘　摅：舒，布。有发舒的意思。

㉙　精光凛凛：凛，寒也。精光凛凛，指文章呈现作者精神光彩，令人凛然起敬。

㉚　楮：指纸，楮为乔木，叶似桑树，树皮可做造纸的原料。

㉛　兔起鹘落：兔方起而鹘已落，言其捷之甚，并喻书法家腕力的健快。鹘，鸷鸟的一种。

㉜　铁腕万钧：指笔劲十足。

㉝　舍：住。

㉞　兰若：寺院。阿兰若的简称。

㉟　缇骑：本赤衣马队，为汉执金吾侍从。沿为逮治犯人的官役的通称。

㊱　尼：阻。

㊲　若：汝、你。

㊳　薙发：剃发。薙，剃。

㊴　裒：裒辑，缀集而编辑的意思。

㊵　捷于呼吸，微于缕黍：比呼吸的速度还快，比丝缕黍米还小。

㊶　汪洋自恣：指文章气势盛大。

㊷　申、韩：指战国时申不害、韩非，二人都是法家代表人物。

㊸　洙泗之书：洙、泗，二川名，在孔子生地山东曲阜境内。孔子于洙、泗间传道，后人因以洙泗称呼孔子之学及其学统。洙

泗之书，即儒学典籍。

⑭ 痞：病名。指慢性脾脏肿大。

㊺ 海错：海味错杂不止一种，所以叫海错。

㊻ 若江瑶柱之属：江瑶，或作江珧、江蚝，蚌类生长于海岸泥底，其肉柱美味无比，人比之于河豚。苏轼诗："似闻江鳐斫玉柱，更洗河豚烹腹腴。"

㊼ 一快朵颐：颐，指人口及其上下部位；朵，是颐垂下动之貌。朵颐，乃欲食之貌。一快朵颐，即满足食欲。

㊽ 绝意仕进：中断为官的念头。

㊾ 狷洁自厉：耿介清高而自我奋勉。

㊿ 槁木死灰：喻毫无生趣。

(51) 咋指砍案：咋，大声也。咋指砍案，喻人极愤怒时，大声指责，拍桌叫嚣。

㊄ 排搚胜己，跌宕王公：搚，打也。排搚胜己，指攻击名分地位较高的人。跌宕，指放言无忌没有检点。王公，指显贵之人。

㊅ 孔文举调魏武若稚子：孔融，字文举，东汉，鲁人，为孔子后裔。魏武，指魏武帝曹操。孔融对曹操大不敬，调笑有若稚童，后因此为曹氏所杀。

㊆ 嵇叔夜视钟会如奴隶：嵇康，字叔夜，晋朝人。官中散大夫，为竹林七贤之一。钟会是当时贵公子，做司隶校尉，因嵇康鄙夷他，视之如奴，而挟恨予以谗杀。

(55) “鸟巢可覆”四句：咮是鸟喙，传说凤凰嘴衔明珠。鸾，凤凰之一种。翮，鸟羽之径。铩，残也。颜延之诗：“鸾翮有时铩，龙性谁能驯。”鸾鸟的羽毛即使偶有残落，龙性一样难驯。

(56) 焚芝锄蕙，衔刀若卢：卢，指战国时韩之名犬。《战国策》：“淳于髡谓齐王曰：韩卢者，天下之壮犬也。”又，《抱朴子》：“从卢狗以噬狡兽。”二句比喻李氏愤世嫉俗，务除人间丑恶。

(57) 溷俗：污浊的世俗。溷，污浊。

(58) 囹圄：监狱。

(59) 惭柳下而愧孙登：柳下，就是柳下惠，本名展禽，柳下乃其食邑之名，惠是其谥号。孙登，晋朝人，居苏门山读《易》，鼓一弦琴，与阮籍、嵇康等往来，后不知所终。此句指李氏恃才逞气，不知韬隐，比之于孙、柳两人应有所愧怍。

(60) 嬖宠：嬖，此指宠幸的对象。

(61) 韦编：指书籍。

(62) 细行：小节。

(63) 髡发：剔发。

(64) 蟾蜍掷粪，自其口出：蟾蜍，似虾蟆，居陆地。二句比喻其出言粗鄙，污秽满口。

【说明】

李卓吾是明朝的异人，他的言论、他的行为都大异常轨。时人对他的好恶，形成两种极端：喜爱他的人称他为真人、圣人；

厌恶他的人攻讦他为狂人、妖人。有人骂他得罪名教，毁圣叛道；也有人赞他喜爱圣人之道，诠释圣人的经典。恨他的人说他惑世宣淫，尊他的人说他讲学不避男女。有人千里迢迢迎他返乡，就近问学；也有人焚毁他的寺庙，要把他从本乡驱逐出去。有人定要置他于死地，不共戴天；也有人挽救不及，与他同赴黄泉。有人大肆搜索他的著作，必欲焚之而后快；也有人刊刻他的遗作，为他作序跋，以求附骥尾而传名。即使到了现在，这样一个历史人物，也不容易盖棺论定。也许被李卓吾引为第一知己的焦竑的话最公允，最值得吾人深思，他说：

夫孔翠矜其华采，顾影自耀，人咸惜之，固矣。若蛟龙之兴云雨，雷电皆至，霹雳百里，即震惊者不无，而卒赖其用。岂区区露细巧，媚世好而足哉？（焦竑：《〈藏书〉序》）

孔雀即使在牢笼中都肯开屏炫彩，媚世露巧，人们自然因为它容易驯服能畜养而同声赞好。蛟龙兴雨，即使为众所望，但是雷吼电闪，划破人世的沉寂，一时耳为之聋，目为之盲，总要相当时刻，静待震惊的平息，才能静观它腾跃的舞姿，欣获雨水的滋润。袁中道说他出世太早，所以"观者之成心不化，而指摘生焉"应该也是这个意思。四百多年后（李氏卒于 1602 年）的今天，我们是否已经可以无偏无颇地来看待这一位异人了呢？

这一篇传的作者袁中道是公安三袁的老幺，曾经数度问学于李卓吾，卓吾"以国士遇之"，因此他是很适合为之作传的人。但这篇传显然写于李氏死后不久，他虽然有意从著作和为人两端为卓吾辩诬，最后还是不免忌讳，而以"五不能学，三不愿学"的持论终篇。

其实，卓吾本人是颇有自知之明的人，他对于所谓的狂言狂行有如下的说明：

盖狂者下视古人，高视一身，以为古人虽高，其迹往矣，何必践彼迹为也。是谓志大。以故放言高论，凡其身之所不能为，与其所不敢为者，亦率意妄之。是谓大言。固宜其行之不掩耳。何也？其情其势自不能相掩故也。夫人生在天地间，既与人同生，又安能与人独异。是以往往徒能言之以自快耳，大言之以贡高耳，乱言之以愤世耳。渠见世之桎梏已甚，卑鄙可厌，益以肆其狂言。观者见其狂，遂指以为猛虎毒蛇，相率而远去之。渠见其狂言之得行也，则益以自幸，而唯恐其言之不狂矣。唯圣人视之若无有也，故彼以其狂言吓人而吾听之若不闻，则其狂将自歇矣。故唯圣人能医狂病。观其可子桑，友原壤，虽临丧而歌，非但言之，且行之而自不掩，圣人绝不以为异也。是千古能医狂病者，莫圣人若也。故不见其狂，则狂病自息。又爱其狂，思其狂，称之为善人，望之以中行，则其狂可以成章，可以入室。仆之所谓夫子之爱狂者此也。盖唯世间一等狂汉，乃能不掩于行。不掩者，不遮掩以自盖也，非行不掩其言之谓也。(《焚书》卷二《与

友人书》)

从这封信看来，李卓吾深知自家的狂病，只有真正的知己、真正的圣人才能够医治，为了治疗痼疾，他辞官辞家，求友问道。可是，世间没有圣人，不容他癫狂，就好像西游取经路上的三藏法师不容泼猢狲耍野。李卓吾和孙悟空一样天赋异禀，火眼金睛能看透人世的虚伪和美丽外衣底下的牛鬼蛇神，不免狂野大作，当下一棒打杀。而世人和三藏一般，或是迷信于眼睛所见的幻象，或是无法接受丑恶的真实，于是乍见妖魅被杀、血肉模糊的情景，心生怜悯，迁怒泼猴，而念动紧箍咒予以惩罚。孙悟空还算幸运，他有一个大慈大悲的观音大士来抚慰他受创的心灵，引导他再上路，以至证成正果；李卓吾在紧箍咒罩顶、神枢摧崩的压力下，仍然不肯认罪讨饶，最后只有自刎以求解脱了。

关于李卓吾的思想、文章及其与晚明小品文的关系，我们将于第三章《童心说》文后再予说明。

【作者简介】

袁中道（1570—1624），字小修，公安人，袁宏道之弟。少年任侠，以豪杰自命，游迹半天下。万历四十四年进士，累官礼部郎中。著有《珂雪斋集》《游居柿录》等。

徐文长传

袁宏道

余一夕坐陶太史①楼，随意抽架上书，得《阙编》诗一帙，恶楮毛书②，烟煤败黑③，微有字形。稍就灯间读之，读未数首，不觉惊跃，急呼周望：《阙编》何人作者？今邪古邪？"周望曰："此余乡徐文长先生书也。"两人跃起，灯影下读复叫，叫复读，僮仆睡者皆惊起。盖不佞生三十年而始知海内有文长先生，噫！是何相识之晚也。因以所闻于越④人士者略为次第，为《徐文长传》。

徐渭，字文长，为山阴⑤诸生⑥，声名藉甚⑦。薛公蕙校越⑧时，奇其才，有国士之目；然数奇⑨，屡试辄蹶⑩。中丞⑪胡公宗宪⑫闻之，客诸幕⑬。文长每见，则葛衣乌巾⑭，纵谈天下事，胡公大喜。是时公督数⑮边兵，威镇东南；介胄之士⑯，膝语蛇行⑰，不敢举头，而文长以部下一诸生傲之，议者方之刘真长⑱、杜少陵⑲云。会得白鹿，属文长作表。表上，永陵喜⑳，公以是益奇之，一切疏计㉑，皆出其手。文长自负才略，好奇计，谈兵多中。视一世士无可当意者，然竟不偶^㉒。

文长既已不得志于有司^㉓，遂乃放浪曲蘖^㉔，恣情山水，走齐、鲁、燕、赵^㉕之地，穷览朔漠^㉖。其所见山奔海立^㉗，沙起雷行^㉘、风鸣树偃^㉙、幽谷大都、人物鱼鸟，一切可惊可愕之状，一一皆达之于诗。其胸中又有勃然不可磨灭之气，英雄失路^㉚，托足无门之悲；故其为诗如嗔^㉛如笑，如水鸣峡，如种出土，如寡妇之夜哭，羁人^㉜之寒起。虽其体格^㉝时有卑者，然匠心独出，有王者气，非彼巾帼^㉞而事人者所敢望也。文有卓识，气沉而法严^㉟，不以模拟损才，不以议论伤格，韩、曾之流亚^㊱也。文长既雅不与时调合，当时所谓骚坛主盟者^㊲，文长皆叱而奴之，故其名不出于越。悲夫！

喜作书，笔意奔放如其诗，苍劲中姿媚跃出；欧阳公^㊳所谓"妖韶女，老自有余态^㊴"者也。间以其余，旁溢为花鸟，皆超逸有致^㊵。卒以疑杀其继室^㊶，下狱论死；张太史元忭^㊷力解，乃得出。晚年，愤益深，佯狂益甚；显者至门，或拒不纳。时携钱至酒肆^㊸，呼下隶^㊹与饮；或自持斧，击破其头，血流被^㊺面，头骨皆折，揉^㊻之有声；或以利锥锥其两耳^㊼，深入寸余，竟不得死。周望言晚岁诗文益奇，无刻本，集藏于家。余同年^㊽有官越者，托以钞录，今未至。余所见者，《徐文长集》《阙编》二种而已。然文长竟以不得志于时，抱愤而卒。

石公^㊾曰："先生数奇不已，遂为狂疾；狂疾不已，遂为囹圄。古今文人，牢骚困苦，未有若先生者也！"虽然，胡公间世⁵⁰豪杰，永陵英主，幕中礼数异等，是胡公知有先生矣；表上，人主悦，是人主知有先生矣；独身未贵耳。先生诗文崛起⁵¹，一扫近代芜秽之习；百世⁵²而下，自有定论，胡⁵³为不遇哉？梅客生⁵⁴尝寄予书曰："文长吾老友，病奇于人，人奇于诗。"余谓："文长无之而不奇者也⁵⁵；无之而不奇，斯无之而不奇也！悲夫！"

【注释】

① 陶太史：陶望龄，字周望，号石篑，明浙江会稽人，与徐文长同乡，是袁氏兄弟的好友。

② 恶楮毛书：纸张不好，书法也粗劣。

③ 烟煤败黑：指书籍的油墨已经漫散不清。

④ 越：指今浙江省。

⑤ 山阴：县名，明时和会稽同属浙江绍兴府。民国废府，并山阴、会稽为绍兴县。

⑥ 诸生：明时称生员叫诸生，俗称秀才。

⑦ 藉甚：是说声名远播。藉，有喧聒的意思。

⑧ 薛公蕙校越：薛蕙，明亳州人，字君采，有学行，学者称西原先生。公是尊老之称。按：此处袁氏所记错误，其时于越考校诸生的是薛应旗而不是薛蕙。

⑨ 数奇：运命不好。

⑩ 屡试辄蹶：屡考不中。辄有"每每"的意思。蹶是颠仆失败的意思。

⑪　中丞：官名，指巡抚。

⑫　胡公宗宪：明绩溪人，字汝贞。嘉靖进士。以御史巡按浙江，当时歙人汪直据五岛，勾结诸倭入寇，而徐海、陈东、麻叶等匪，日扰郡邑。宗宪巡抚浙江，累以平贼有功，加右都御史，兵部尚书、太子少保，卒谥襄懋。

⑬　客诸幕：聘他为幕友。诸是"之于"二字的合音。从前称将帅幕府中的参谋书记等为幕友，亦称幕僚，时文长为幕中书记。

⑭　葛衣乌巾：为平民所穿戴衣服头巾。葛衣是指用葛草纤维织成的夏布衣服，乌巾是黑色头巾。

⑮　督数：督责。

⑯　介胄之士：指军人。介就是铠甲，用来护身，胄，是头盔，用来护头。

⑰　膝语蛇行：膝语是说膝跪地而说话。蛇行是弯腰伏地而行。

⑱　刘真长：刘惔，字真长，东晋沛国相人。善说理，料事如神，简文帝初以会稽王作相，真长为谈客，待以上宾礼。知桓温必能平蜀，又料他有不臣之心，恐专制朝廷，后来都如他所说应验了。

⑲　杜少陵：就是唐朝诗人杜甫，字子美，因居平陵，自称杜陵布衣，高才博学。严武为剑南节度使，杜甫为参谋检校工部员外郎，因旧交不拘礼节，醉后有时出言忤武，武始终待他很好。文长自为墓志铭说："典文章，数赴而数辞。投笔出门，使折简以招，卧不起。其后公愈折节，等布衣，留者盖两期，赠金以数百计。"由此可见文长和胡宗宪的关系。

⑳ "会得白鹿……永陵喜"数句：明世宗葬永陵，故以代称。嘉靖三十七年春，胡宗宪于舟山获得白鹿，使幕客拟表，而文长文章最好，献之，帝大悦，行告庙礼，厚赉银币。未几，又以白鹿献帝，益大喜，告谢元极宝殿及太庙，百官称贺，加宗宪秩。古人把白鹿当作仙物祥瑞。表是奏章，取表白事实的意思。

㉑ 疏计：上奏章条述事情，叫疏。计是上计。

㉒ 不偶：是说不遇时机。

㉓ 有司：指官吏。职有专司，所以叫有司。

㉔ 放浪曲蘗：是说尽情地喝酒。曲蘗本酒母，此处代称酒。

㉕ 齐、鲁、燕、赵：齐、鲁指今山东。燕、赵指今河北、山西一带。

㉖ 朔漠：指北方沙漠之地。

㉗ 山奔海立：形容山势震荡，海浪掀立。

㉘ 沙起雷行：指风卷沙起，雷霆疾行。

㉙ 偃：倒。

㉚ 失路：迷路，比喻不得志。

㉛ 嗔：有怒的意思。

㉜ 羁人：寄居作客的人。

㉝ 体格：指诗的体裁格调。

㉞ 巾帼：指妇人。巾可用来覆盖包裹，帼是妇人的发饰。此处代言妇人。

㉟ 气沉而法严：指文章的气势深沉，法度严密。

㊱ 韩、曾之流亚：韩指韩愈，唐朝昌黎人，博通经史，综贯百家，生平倡导儒术，主张文以载道，以发扬圣学为己任，用散文代替骈体的时文，影响当时及后代很大，为唐宋八大家之首。曾指曾巩，宋朝南丰人，文章原本六经，斟酌于司马迁、韩愈，雄浑有力，亦是唐宋八大家之一。流亚是指同等人物。

㊲ 骚坛主盟者：屈原因遭忧而作《离骚》，后来也把骚指诗文等事。骚坛犹言文坛。主盟者指当时文坛的领袖王世贞、李攀龙等。文长反对拟古，又深恶以官位科第论文，互相标榜，誓不入王、李之党。

㊳ 欧阳公：指宋朝大文学家欧阳修，字永叔，博通群书，诗词文皆佳，是一代宗师。

㊴ 妖韶女，老自有余态：是说像美女老后仍有风韵。

㊵ 超逸有致：是说超然物外，自有风致。文长天才超轶，诗文绝出伦辈。善草书，工写花草竹石。尝自言："吾书第一，诗次之，文次之，画又次之。"

㊶ 以疑杀其继室：继室，是指续娶的妻子张氏。据顾公燮《消夏闲记摘钞》卷下，文长夜归，瞥见他的妻子和僧人私通，怒而杀妻，可是妻子并无他染，这事大概是由于错觉造成。后来文长下狱七年，遇赦出狱。

㊷ 张太史元忭：指张元忭，明浙江山阴人，太史是官名。明代修史属于翰苑诸臣，所以翰林亦叫太史。文长因元忭救助，才得出狱。

㊸ 酒肆：指酒店。

㊹ 下隶：指下贱的人，隶是指卑贱的人。

㊺ 被：有覆盖的意思。

㊻ 揉：指按摩。

㊼ 以利锥锥其两耳：锥，用来钻孔的器具。下一个“锥”字作动词，有钻的意思。胡宗宪因谗言下狱，文长怕牵连入罪，初打算自杀。自作墓志铭，拿巨锥刺耳，深及数寸，又用椎碎其囊，都没死，才装作狂人。

㊽ 同年：科举时代同榜考取的称同年。

㊾ 石公：袁宏道号石公。

㊿ 间世：间，有隔的意思。间世，是说隔世，形容豪杰不常有，隔世一出。

(51) 崛起：特起，特出。

(52) 百世：三十年为一世。百世，形容时间长。

(53) 胡：何。

(54) 梅客生：即梅克生，名国桢，麻城人，万历进士，袁中郎文集中给梅客生的信很多。

(55) “文长无之而不奇者也”以下三句：上两句之“无之而不奇”是说文长诗文书画及他的为人，无往而不奇特。末一句“无之而不奇”是说文长不得志于科名，不得志于事功，又无往而不数奇。数奇，就是命运不好。

坊间流行《徐文长故事》《徐文长笑话》一类的书籍，书中的主人翁徐文长机智幽默，有时会恶作剧，诬陷挑拨，以致让人又爱又恨，又奈何他不得。这个徐文长类似台湾民间故事里的白贼七和邱安舍，都属于传说人物，和历史上的人物差别甚大，就好像石头滚下雪地，越滚越大，最后只见一团巨大的雪球，而不见石头一般。所以，对本篇的传主徐文长，我们必须重新了解。

徐文长本名徐渭，生于明武宗正德十六年（1521），死于神宗万历二十一年（1593），七十三岁。他曾参与胡宗宪幕僚，对于当时东南海隅的倭寇战争和北方的边防贡献卓越的意见，军谋战略，知名当世。而他在艺术和文学方面的造诣，则深深影响后代，是一个才华横溢的画家、书法家、诗人、戏剧家、散文家和文学批评者。但是，他一生仕途蹭蹬，中年精神失常，自杀未遂，后来又因妒杀妻，身系牢狱七年之久。多方面的天才，坎坷的际遇，形成最好的传记题材。

可是，如果没有袁宏道的表彰，徐文长将如大多数的流星一样，带着自身辉光，从漫漫长夜中消失，无声无息，没有仰望，更没有惊叹。幸运的是，在落下地平线的刹那，袁中郎在不经意中瞥见，失声尖叫，引来众观。流星陨落了，在人们的记忆中，它却继续闪烁，继续照亮沉沉宇宙的一隅。

所以，这一篇传虽然有许多错误，而为人指摘，（例如：文首的薛蕙应为薛应旗，又发狂杀妻应在中年四十五六岁时，不在晚年。）可是，就像那一声尖叫，出之于情不自禁的刹那，我们大可不必苛责它没有清楚地描绘星光的亮度。中郎本人也意识到这一点，给陶石篑的信就说："《徐文长传》，虽不甚核，然大足为文长吐气。"且让我们专注于尖叫声所代表的意义吧！

中郎所强调的是一个"奇"字，他认为文长是个奇人，有奇才，行为奇，文章奇，书奇，画奇，病奇，命运更奇（中郎故意用破音字的数"奇"表示），真正是"无之而不奇"。描述这样奇特的生命，他用了很多强烈的字眼和比喻，全文充满浪漫情调，传奇色彩，让人惊愕不已。

中郎此文一出，顿时脍炙人口，家弦户诵，天下始知奇人徐渭；中郎更搜辑、评点徐文长的诗，作为新文学运动的范例。于是，袁徐并称，迎头痛击颓势已现的拟古派，把公安派鲜明的旗帜高高地树立在文坛上。

俗语说："慧眼识英雄。"只有超越凡庸，别具慧眼，才能够认识英雄，也只有真英雄才会惜英雄，而一见倾心，不觉惊跃。文学史上这类例子很多，韩愈是在废书簏中被欧阳修发现，而重新给予肯定；施耐庵、曹雪芹，中国最伟大的两个小说家，是胡适之提倡白话文学才将他们挖掘出来的。有趣的是，经过清朝三百年的统治，公安派的袁中郎也几乎从人们记忆中消失了，一直要到民国初年，周作人、林语堂等人才又发现了他，袁中郎的集子又成为人们抢印抢购的对象。我们非常感激这些人，没有他们，我们将把握不住那转瞬即逝的星辰，我们的心灵也无从得到相知的慰安。感激之余，且让我们及时去认识环绕左右的人群，不要让其中的英雄抑郁以终吧。

【作者简介】

袁宏道（1568 — 1610），字中郎，号石公，宗道之弟。万历二十年进士，为吴县令，听断敏捷，一县大治。官终稽勋郎中，卒年四十三。著有：《袁中郎全集》（包括：《潇碧堂集》《锦帆集》《解脱集》《瓶花斋集》《瓶史》等），又评点《徐文长文集》《东坡诗选》等。

金圣叹先生传

廖燕

先生金姓，采名，苦采字，吴县诸生也。为人倜傥①高奇，俯视一切。好饮酒，善衡文②，评书议论皆前人所未发。时有以讲学闻者，先生辄起而排③之。于所居贯华堂设高座，召徒讲经，经名"圣自觉三昧"。稿本自携自阅，秘不示人。每升座④开讲，声音宏亮，顾盼伟然⑤。凡一切经史子集、笺疏训诂⑥，与夫释道内外诸典⑦，以及稗官野史⑧，九彝八蛮⑨之所纪载，无不供其齿颊⑩，纵横颠倒，一以贯之⑪，毫无剩义。座下缁白四众⑫，顶礼膜拜⑬，叹未曾有。先生则抚掌⑭自豪，虽向时讲学者阅之，攒眉⑮浩叹，不顾也。

生平与王斲山⑯交最善，斲山固侠者流，一日以三千金与先生，曰："君以此权子母⑰，母后仍归我，子则为君助灯火，可乎？"先生应诺，甫⑱越月，已挥霍殆尽，乃语斲山曰："此物留君家，适增守财奴名，吾已为君遣之矣！"斲山一笑置之。

鼎革后[19]，绝意仕进[20]，更名人瑞，字圣叹。除朋从谈笑外，惟兀坐[21]贯华堂中，读书著述为务。或问"圣叹"二字何义？先生曰："《论语》有两喟然叹曰：在颜渊为叹圣[22]，在与点则为圣叹[23]。予其为点之流亚欤！"

所评《离骚》[24]、《南华》[25]、《史记》[26]、杜诗[27]、《西厢》、《水浒》，以次序定为六才子书，俱别出手眼。尤喜讲《易》乾坤两卦[28]，多至十万余言。其余评论尚多，兹行世者独《西厢》、《水浒》、《唐诗》、制义[29]、《唱经堂杂评》诸刻本。传先生解杜诗时，自言有人从梦中语云："诸诗皆可说，惟不可说古诗十九首[30]。"先生遂以为戒。后因醉，纵谈《青青河畔草》[31]一章，未几，遂罹惨祸。临刑，叹曰："砍头最是快事，不意于无意中得之！"

先生殁，效先生所评书如长洲毛序始[32]、徐而庵[33]、武进吴见思[34]、许庶庵[35]为最著，至今学者称焉。

【注释】

① 倜傥：超逸不拘的样子。

② 衡文：批评文章。

③ 排：斥。

④ 升座：登上讲座。

⑤ 顾盼伟然：神情态度超然卓立。

⑥ 经史子集、笺疏训诂：古时分书籍为经、史、子、集四部。有特殊价值的书叫经，如十三经等。国家记事的书叫史，如

《史记》《汉书》等。有道德、学问的人所书的书叫子，如《论语》《孟子》《庄子》等书。凡是汇辑著述或诗文以成书叫集，如《昭明文选》等。笺，注释。疏，解释注文的字（解经之文叫传，解传之文叫注）。训诂，解释古语的语义。

⑦ 内外诸典：晋道家葛洪所著《抱朴子》，内篇论神仙吐纳、符箓克治之术，后世遂以内篇为神仙家言。佛家以佛学为内学，他教典籍及世间法者为外学。典，典籍。

⑧ 稗官野史：稗官，指小说。《汉书》上说："小说家之流盖出于稗官。"稗官本指小官，后沿以称小说家。野史，私家的记载，别于史官所记。

⑨ 九彝八蛮：彝，常，指合乎常道之书。蛮，指化外之书。"九""八"皆多数之词。

⑩ 供其齿颊：任他谈说。

⑪ 一以贯之：用一个最基本的总纲，把万事万物的道理贯串起来。

⑫ 缁白四众：缁白指僧侣及俗人，僧徒所穿的衣服叫"缁衣"。四众，佛家语，又叫四部众，指比丘（僧）、比丘尼（尼）、优婆塞（受五戒的男子）、优婆夷（受五戒的女子）。

⑬ 顶礼膜拜：顶礼，佛家语，又叫五体投地。用吾头顶礼佛之足，为最敬之礼。膜拜，今称礼佛合掌而拜。

⑭ 抚掌：拍掌。

⑮ 攒眉：皱眉。攒，有聚、凑集的意思。

⑯　王斲山：金圣叹生前极要好的朋友，事迹不详。

⑰　权子母：以资本营利。母，为本金；子，为利息。

⑱　甫：方始。

⑲　鼎革：指朝代变更。

⑳　绝意仕进：打消做官的念头。

㉑　兀坐：危坐，端坐。

㉒　在颜渊为叹圣：《论语·子罕》有一章颜渊赞叹孔子之道的博大高深，原文：颜渊喟然叹曰："仰之弥高，钻之弥坚，瞻之在前，忽焉在后；夫子循循然善诱人：博我以文，约我以礼，欲罢不能……"颜渊是春秋鲁国人，天资聪敏，不迁怒，不二过，人格完善，在孔门中居德行第一，视为圣学传人，不幸先孔子而死。

㉓　在与点则为圣叹：《论语·先进》有一章记孔子诱导几位弟子言志，特赞许曾皙（曾参的父亲，名点）的志向，而喟然叹曰："吾与点也。""与"，有赞许的意思。

㉔　《离骚》：屈原的作品。

㉕　《南华》：《庄子》一书别名《南华真经》，简称《南华经》。

㉖　《史记》：为汉朝史学家司马迁的名著。体例分本纪、表、书、世家、列传，共一百三十卷，为我国通史之祖，亦为纪传体之祖。

㉗　杜诗：指唐朝"诗圣"杜甫的诗。

㉘　《易》乾坤两卦：《易》，书名，又名《周易》。内部十分繁富，最初只是由八卦（乾、坤、震、艮、离、坎、兑、巽）所

演成，原是一部卜筮的书，经后来补充阐释，就成哲理的书籍。乾、坤是卦名，各代表天、地。

㉙　制义：亦称制艺，即八股文，以其依经立义故名。

㉚　古诗十九首：《昭明文选》选录古诗十九首，因作者不可考，所以叫古诗。产生时代，就诗的风格来看，大概是东汉时的作品，内容质朴自然，简洁生动，对后世五言诗的发展，影响很大。

㉛　《青青河畔草》：古诗十九首之一。

㉜　毛序始：毛宗岗，字序始。曾经评点《三国演义》，冠以"第一才子书"之名，又与其父毛声山合评《琵琶记》。

㉝　徐而庵：徐增，字子能，号而庵。有《而庵说唐诗》《而庵诗话》传世。又为金圣叹的遗著《天下才子必读书》作序。

㉞　吴见思：字齐贤，武进人，有《杜诗论文》《史记论文》等著作。

㉟　许庶庵：生平不详。

【说明】

金圣叹是明末清初的异人，由于离经叛道，玩世不恭，最后招来杀身之祸，死后奇闻轶事特别多。清代的笔记大部分都是撷拾一些里巷传闻，而给予极端好恶的论断。廖燕这篇《金圣叹先生传》是第一篇比较公正的传记。

金圣叹的姓名、生卒年有各种不同说法，根据笔者的研究，金圣叹，姓金（一说他原姓张，不足信），名采，字若采（廖氏传误成"苦"采），明亡以后，才改名人瑞，圣叹则是他的法号。江苏吴县人，生于明神宗万历三十五年（1607），死于清顺治十八年（1661），五十五岁。根据金氏自己的说法，幼时家境清寒，无亲无故，到了十岁才入乡塾读书。又因为体羸多病，所以很少在外嬉游，只是把全部精神放在书本上，数年如一日。

小时候他就很有怀疑精神，例如，前人说《国风》好色而不淫，他认为好色就是淫，这样的观点当然无法为株守经训的冬烘学究所同意，所以他常常因此而挨打。思想既无法从塾师那里得到启发，他只有自己摸索，在经书之外，从俗文学（例如民间俗曲《打枣歌》和通俗小说《水浒传》等）中寻找趣味。幼时的读书经验奠定了他一生反叛传统、批评冬烘思想的基础。

由于读书广博，儒释道及诸家杂学无所不读，而又自负才大，不屑依傍门户，有时不惜标新立异，与一切假道学对抗，例如，他说：

人问我英雄豪杰为何作贼？我反问他英雄豪杰为何不作贼？（《水浒传》批语）

金氏的反问有如禅宗的当头棒喝，要问者自己去领悟。可是人心都痛恨盗贼，也没有深究藏在偏激语言底层，对于英雄失路的悲悯之情，因此瞠目结舌之余，便视之为毒蛇猛兽，避之唯恐不及了。

影响最大的是"六大才子书"的批评。他认为《离骚》、《南华》、《史记》、杜诗、《西厢》、《水浒》（依序为第一、二、三、四、五、六才子书）是锦心绣口的才子所写的文章，天下无出其右者。其中的《水浒传》和《西厢记》，在当时虽然流传得很广，但是一般人都认为是稗官小说，没有什么价值，而且认为《水浒传》是强盗书，《西厢记》是色情书，所以自己看了就收藏起来，不给子弟看。金圣叹却详详细细地加以评点，要人家子弟从这两本书去领会作文的方法。这样的言人所不敢言，与世俗的虚伪正面冲突，固然使得《西厢》《水浒》大为盛行（有数百年之久，世间只见金批本七十回《水浒传》，而不知道还有一百二十回等其他版本），但是卫道之士一直咬牙切齿，口诛笔伐，导致其悲剧结局。

除了思想特具胆识，不受牢笼，他的行径也与世多舛，给人偏激狂傲的印象。传闻最广的是圣叹的儿戏科学，据说他说过这样的话：

洞房花烛夜与金榜题名时，虽同为人生两件快事，唯必须得而复失，失而复得，始见大快。

因此传说他曾经娶妻，出妻，又娶原配；数次参加科举考试，也都故意写作奇文怪论，为难考官。相传有一次考试题目是"如此则动心否乎"，他在篇末这样写：

空山穷谷之中，黄金万两；露白葭苍而外，有美一人，试问夫子动心否乎？曰：动、动、动……（连写三十九个"动"字）

学官问他，圣叹说："只注重'四十不'三字！"原来孟子曾说："我四十不动心。"金圣叹答题连续写了三十九个"动"，即表示一直到三十九岁都还动心，四十以后就不"动"心了。结果，他被痛骂了一顿。

这些传闻都不一定真实，不过，圣叹一副叛骨，遭时不遇，牢骚满腹，可能促使他采取嘲弄的行径讽世。加上明朝中叶之后，名士傲诞成习：李卓吾、徐文长、祝允明、唐寅等人都放诞不羁，大出名教之外；而圣叹又遭遇亡国的悲哀，心中郁勃不平，不得不冲决罗网，与礼法名教冲突。

其实，圣叹也有他祥和平易的一面，和他交往甚久的徐增就说：

盖圣叹无我，与人相与则辄如其人。如遇酒人则曼卿轰饮；遇诗人则摩诘沉吟；遇剑客则猿公舞跃；遇棋客则鸠摩布算；遇道士则鹤气横天；遇释子则莲花绕坐；遇辩士则珠玉随风；遇静人则木讷终日；遇老人则为之婆娑；遇孩童亦则啼笑宛然也。（《天下才子必读书·序》）

一个人能够无我随和是相当不容易的事，因此在有生之年，他深深沐浴在友情中。最令圣叹快意而屡屡称述的就是廖传所说的王斲山。《水浒传》和《西厢记》的批语，述及两人的友情，都令人难以忘怀。

金圣叹的惨死，是因涉及所谓的哭庙案，在清顺治皇帝崩世的国丧期间，他聚众反对地方官的强征暴敛，而被扣上倡乱的罪名，杀头处决。临刑时，据说还是一副不屈的傲骨，说出"砍头快事"的快人快语。但是，死别之际，肝肠寸寸断，圣叹说出了让人永远低回不置的两句诗：

莲子心中苦，梨儿腹内酸。("莲"和"梨"是双关语，分指"怜"和"离")

一个血性汉就此与世长辞了。

后人对金圣叹的评价，虽然褒贬不一，但是他一生以评点六大才子书为职志，结果只完成了《水浒传》《西厢记》和部分的杜诗，其余，《史记》《离骚》《庄子》，只能从《天下才子必读书》中见其吉光片羽。从他"遗赠后人"的这些著作看来，他的眼光和胆识还是值得佩服的。兹引清朝无名氏《辛丑纪闻》的一首诗，为这奇男子的一生作结语：

丁澜侠骨世无伦，哭庙焉知遂杀身？
纵酒著书金圣叹，才名千古不沉沦。

【作者简介】

廖燕（1644 — 1702），字柴舟，广东曲江人。著有《二十七松堂集》。另有九十三篇"短幅杂著"附于书后，题曰《小品》。

《小品自序》对于小品写作的背景有详细说明，录于后面以供参考：

己未（公元 1679 年）春，予僦（音 jiù，租也）居城东隅，茅屋数椽，檐低于眉，稍昂首过之则破其额。一巷深入，两墙夹身，而臂不得转。所见无非小者：屋侧有古井一，环甃（音 zhòu，井壁）狭浅，仅可供三四爨（音 cuàn，用火煮物），天甫晴则已竭；井边有圃，虽稍展，然多瓦砾，脊瘦，蔬植其中，则短细苦涩不可食，予每大嚼之不厌。巷口数家，为樵汲艺圃与拾粪卖菜佣所居，其家多小雏（音 chú，指小孩），大亦不至五六岁，时入嬉戏，或偷弄席上纸笔画眉颊戏者，予颇任之。门外有古槐一株，颇怪，时有翠衣集其上，旁有小石墩数块，客至则坐其下谈笑，客多乡市杂竖（童子也），所谈皆米盐菜豉，无有知肉食大言者。予虽欲大言之，而客莫能听也。以故凡笔之于文者，皆称是……

第三章　文论篇

童心说

李贽

　　龙洞山农①叙《西厢》末语云："知者勿谓我尚有童心②可也。"夫童心者，真心也，若以童心为不可，是以真心为不可也。夫童心者，绝假纯真，最初一念之本心也。若失却童心，便失却真心，便失却真人。人而非真，全不复有初矣。

　　童子者，人之初也；童心者，心之初也。夫心之初曷可失也，然童心胡然而遽失也？盖方其始也，有闻见从耳目而入，而以为主于其内而童心失。其长也，有道理从闻见而入，而以为主于其内而童心失。其久也，道理闻见日以益多，则所知所觉日以益广，于是焉又知美名之可好也，而务欲以扬之而童心失。知不美之名之可丑也，而务欲以掩之而童心失。夫道理闻见，皆自多读书识义理而来也。古之圣人，曷尝不读书哉。然纵不读书，童心固自在也，纵多读书，亦以护此童心而使之勿失焉耳。非若学者反以多读书识义理而反障之也。夫学者既以多读书识义理障其童心矣，圣人又何用多著书立言以障学人为耶？童心既障，于是发而为言语，则言语不由衷；见而为政事，则政事无根柢；著而为文辞，则文辞不能达。非内含以章美③也，非笃实生辉光④也，欲求一句有德之言⑤，卒不可得。所以者何？以童心既障，而以从外入者闻见道理为之心也。

夫既以道理闻见为心矣，则所言者皆闻见道理之言，非童心自出之言也。言虽工，于我何与，岂非以假人言假言，而事假事，文假文乎！盖其人既假，则无所不假矣。由是而以假言与假人言，则假人喜；以假事与假人道，则假人喜；以假文与假人谈，则假人喜。无所不假，则无所不喜。满场是假，矮人何辩也？然则虽有天下之至文，其湮灭于假人而不尽见于后世者，又岂少哉！何也？天下之至文，未有不出于童心焉者也。苟童心常存，则道理不行，闻见不立，无时不文，无人不文，无一样创制体格文字而非文者。诗何必古选⑥，文何必先秦⑦。降而为六朝⑧，变而为近体⑨，又变而为传奇⑩，变而为院本⑪，为杂剧⑫，为《西厢曲》，为《水浒传》，为今之举子业⑬，皆古今至文，不可得而时势先后论也。故吾因是而有感于童心者之自文也，更说甚么六经，更说甚么《语》《孟》乎？

夫六经、《语》、《孟》，非其史官过为褒崇之词，则其臣子极为赞美之语。又不然，则其迂阔⑭门徒，懵懂⑮弟子，记忆师说，有头无尾，得后遗前，随其所见，笔之于书。后学不察，便谓出自圣人之口也，决定目之为经矣，孰知其大半非圣人之言乎？纵出自圣人，要亦有为而发，不过因病发药，随时处方，以救此一等懵懂弟子，迂阔门徒云耳。药医假病，方难定执⑯，是岂可遽以为万世之至论乎？然则六经、《语》、《孟》乃道学之口实⑰，假人之渊薮⑱也，断断乎其不可以语于童心之言明矣。呜呼！吾又安得真正大圣人童心未曾失者而与之一言文哉！

【注释】

① 龙洞山农：姓名不详，或者以为是李贽别号，观之下文两人所谓"童心"语意不同，则绝非一人。

② 童心：此处所谓的"童心"是指小孩爱游嬉的心，含有贬义，与《左传》"于是昭公十九年矣，犹有童心，君子是以知其不能终也"用法相同。而李贽所谓的"童心"，近于孟子所谓"大人者不失其赤子之心者也"，没有贬义。

③ 内含以章美：内心含藏着美质。

④ 笃实生辉光：《孟子·尽心下》："充实之谓美，充实而有光辉之谓大。"此谓由内在的充实外现为辉光。

⑤ 有德之言：《论语·宪问》："有德者必有言。"此谓有德者心得之言。

⑥ 诗何必古选：诗何必要古诗之选才是好诗呢？古诗泛指古代诗篇。或谓"古选"兼指古诗和选体诗，后者专指梁朝萧统所编《文选》的诗作。

⑦ 文何必先秦：文章何必要先秦诸子之文才是至文呢？

⑧　六朝：统称晋宋齐梁陈隋为六朝，或称魏晋南北朝。其时文风偏重对偶声律及辞藻的华美，尤以宫体诗为最。

⑨　近体：对古体诗而言，指唐朝的律诗和绝句。

⑩　传奇：唐朝裴铏作《传奇》，为文言小说，后人乃以"传奇"称这一类作品。又，宋朝称诸宫调为传奇，元朝则以杂剧为传奇，明朝人则以长篇戏曲为传奇，与北方杂剧相分别。按上下文义，此处似应专指唐代传奇小说。

⑪　院本：金元时期戏本的名称。当时居住"行院"的倡伎所用以演戏的脚本。

⑫　杂剧：特指元代的戏曲。

⑬　举子业：举子，指科举时代被举应试的士子。举子业则指明朝用来考试的八股文。

⑭　迂阔：不切实际，远离事实。

⑮　懵懂：懵，懵懂，就是不明事理。

⑯　药医假病，方难定执：要医治人心虚伪的病症，很难执着一定的药方。此即上文"因病发药，随时处方"之意，李氏认为应该观察不同时代的病情及其变化而对症下药。

⑰　口实：话柄，说话的凭借。

⑱　渊薮：渊，深水；薮，大泽。渊薮，此处指事物聚集之所。

【说明】

李卓吾的《童心说》是一篇可以代表其思想精髓，而又可以涵盖整个晚明性灵文学理论的重要文献。主要的意见，可以概括为一句话：求真心，做真人，写真文。

他的理论基础是：人人天生有一副绝假纯真的童心，只要护持得法，不失其真，则内含章美，笃实生辉，自然而为真人真文的言行。可是，原为护持童心所做的功夫——读书识义理——却容易障蔽其真，让道理闻见入主出奴，使人成为假人，文成为假文，满场是假。此所以李氏要大叹"真正大圣人童心未曾失者"之难求也！

整个理论的间架，我们可以从孟子"求其放心"学说得其仿佛。孟子认为人性本善，从其有四端（仁义礼智四端，即恻隐之心、羞恶之心、辞让之心、是非之心）可证，但是本善之心因物欲的追逐而放失，所以学问之道无他，就是把善良的本心找回来罢了。李卓吾所追求的童心也就是孟子所追求的"放心"。

《童心说》还可能直接导源于王阳明"致良知"的学说。我们只需引用一段文字，就可以知道两者多么类似。

性无不善，故知无不良。良知即是未发之中，即是廓然大公、寂然不动之本体，人人之所同具者也。但不能不昏蔽于物欲，故须学以去其昏蔽。（《传习录》中）

李卓吾所肯定的童心，即是王阳明所谓本体的良知。

可是，孟子、王阳明所要排除的是物欲，是私利。李卓吾则特别反对由读书而来的道理闻见。有人说，这可能因为李氏深受禅宗"教外别传，不立文字"的影响。事实可能是对四书文的强烈反抗。四书文也就是八股文，科举考试的八股题全由四书而来，读书人只知道写文章代古人古道立言，满口仁义道德，以为如此便尽了能事，但是这些道学家常常言不顾行，说的是一回事，做的又是另一回事儿。例如他对耿定向的批评是：

> 试观公之行事，殊无甚异于人者……自朝至暮，自有知识以至今日，均之耕田而求食，买地而求种，架屋而求安，读书而求科第，居官而求尊显，博求风水以求福荫子孙。种种日用，皆为自己身家计虑，无一厘为人谋者。及乎开口谈学，便说尔为自己，我为他人；尔为自私，我欲利他……以此而观，所讲未必公之所行，所行者又公之所不讲，其与言顾行、行顾言何异乎！（《焚书》卷一《答耿司寇》）

这些道学假人所形成的满场假的时代风气，最令李氏痛心，乃不惜大胆挞伐，积极主张言行相顾、人文合一的童心说。为了堵塞假人的口实，他对六经、《论语》、《孟子》做了很严正的批评。他否定"万世至论"的说法，他不认为出自圣人之口即可为永恒不变的道理。他特别强调圣人的言论是"有为而发"，是"因病发药"，是"随时处方"。而后学不察，执着肤文，失其本心，迂阔懵懂，如何可与语圣人"童心"呢？

李氏对圣人的看法，很接近孟子以孔子为"圣之时者"的本义，本来不是什么开创性的见解，但是在假道学弥漫的时代，真理反而被目为惑世妖言，遭到最激烈、最无情的抨击。

虽然，由这思想基础所衍生的文学见解，却大大影响了公安袁氏兄弟，开创了性灵文学的生机，而为晚明小品提供了适宜的土壤。

综观《童心说》所提出的文学观点，在作品的四种关系（世界、作者、作品、读者）中，特别偏重作者，因为他认为文章是人格的自然外现——所谓"笃实生辉光""童心者之自文"是也，因此观照文学首先要问的是：作者有无童心、真心，也就是有无自己的真情实感。所有剽窃模拟的作品，虽然有道理、有闻见，形式工整，但是没有真生命，就是假人假文，毫无价值可言。

由此观点出发，他对当时的拟古思想痛下针砭，提出了三帖"随时处方"，以救其弊：

第一，无时不文。复古派贵古贱今，当代真文因此湮灭不彰。若不以时势论先后，则各朝各代都有至文可观。此即后来公安派的文学进化论，消弭了秦汉派、唐宋派等无谓的论争。

第二，无人不文。真正好的文学作品并非局限于某一阶层，也不限定在某几个大家。士大夫可以有至文，市井小民也可以发至性为至文；大家的作品不一定篇篇好，小家的作品有时也颇可观。这个见解一方面抬高了通俗文学（小说、戏曲、民间歌谣等）的地位，一方面开启了选家辑录小品的风气。

第三，无一样创制体格文字非文。李氏肯定了文学的创造性，强调作者情性的感发，自然为文，则"有是格，便有是调"（《读律肤说》）。因此不能勉强以一定的格律文字加以束缚。这就是公安派所谓的"独抒性灵，不拘格套"。这一观点给予作者最大的创作自由，是晚明小品文发达的必要因素。

兹举李氏对苏东坡的评价为例以印证上述的理论。

在复焦弱侯的信里，李卓吾说：

苏长公何如人，故其文章自然惊天动地，世人不知，只以文章称之，不知文章直彼余事耳，世未有其人不能卓立而能文章垂不朽者。弟于全刻抄出作四册，俱世人所未尝取者。世人所取者，世人所知耳，亦长公俯就世人而作者也。至其真洪钟大吕，大扣大鸣，小扣小鸣，俱系彼精神髓骨所在……（《李温陵集》卷四）

又在《又与从吾》信中说：

苏长公片言只字与金玉同声，虽千古未见其比，则以其胸中绝无俗气，下笔不作寻常语，不步人脚故耳。如大文章终未免有依仿在。（《李温陵集》卷二）

苏东坡在晚明文坛的地位特别高，显然和李卓吾的推崇有关。而李氏不只赞许他的文章，还称扬其人之卓立超群。所以他选评苏文，专取可以显现其人精神髓骨的文章，特别是世人不知不取的片言只字。这种评选的态度使后来的陈眉公的选录古文专取为人所弃的"品外"文字，钟惺、谭元春选《诗归》则专从"幽情单绪"去寻绎古人的"精神"。既然为文旨在显现精神，则"小品"又有何伤害呢？更何况"小中见大，大中见小，举一毛端建宝王刹，坐微尘里转大法轮"（《焚书》卷三《杂说》）更是古今豪杰所同然。这也就难怪作者、选家之纷纷以"小"自居了。

最后，且引明人顾端木的话，以见李氏文章的风格：

今之作者内倾膺臆，外穷法象，无端无涯，不首不尾，可子可史，可论可策，可诗赋，可语录，可禅可玄，可小说。人各因其性之所近而纵谈其所自得，胆决而气悍，此又明季人无墙壁，无界限以作文之风气。（转引自王葆心《古文辞通义》卷十四）

虽然这段话不是专指李卓吾的文章，可是明末文体显然就是得自李氏的影响。张师绎虽然不满李氏"既作和尚，又窜词宗"，但是他不得不承认"今天下之辞家，不泪没于李氏者，吾见亦罕矣"（引自容肇祖：《李卓吾评传》），这是我们阅读晚明小品应有的认识。

【作者简介】

李贽（1527—1602），字卓君，号宏甫，福建泉州晋江人。

嘉靖三十一年举人，官至云南姚安知府。是明代著名的思想家、文学家，其人之生平性情，请参考传记篇，袁中道所作《李温陵传》。他的著作很多，包括《焚书》《续焚书》《藏书》《续藏书》《李温陵集》等数十种。此外，他对小说戏曲的评点，如曾评点的《水浒传》《西厢记》《幽闺记》《浣纱记》等，开风气之先，影响特别大，奠定了小说戏曲在文学上的地位。

《合奇》序

汤显祖

　　世间惟拘儒老生①，不可与言文。耳多未闻，目多未见，而出其鄙委牵拘之识②，相③天下文章，宁复有文章乎？予谓文章之妙，不在步趋形似④之间，自然灵气，恍惚而来，不思而至，怪怪奇奇，莫可名状，非物寻常得以合之。苏子瞻⑤画枯株竹石，绝异古今画格，乃愈奇妙；若以画格程之⑥，几不入格。米家⑦山水人物，不多用意，略施数笔，形像宛然；正使有意为之，亦复不佳。故夫笔墨小技，可以入神而证圣，自非通人⑧，谁与解此？

　　吾乡丘毛伯⑨选海内合奇文止百余篇，奇无所不合。或片纸短幅，寸人豆马⑩；或长河巨浪，汹汹⑪崩屋；或流水孤村，寒鸦古木；或岚烟草树，苍狗白衣⑫；或彝鼎商周⑬；丘索坟典⑭。凡天地间奇伟灵异，高朗古宕之气，犹及见于斯编，神矣化矣！夫使笔墨不灵，圣贤减色，皆浮沉习气为之魔。士有志于千秋⑮，宁为狂狷⑯，毋为乡愿⑰，试取毛伯是编谈之。

【注释】

① 拘儒老生：指拘守成法、不通世情的老学究。

② 鄙委牵拘之识：指拘泥一方、不够深远的见识。

③ 相：观察，衡量。

④ 步趋形似：亦步亦趋，形貌相似。

⑤ 苏子瞻：苏东坡，字子瞻。

⑥ 程之：衡量它。

⑦ 米家：指宋朝画家米芾，字元章，号鹿门居士，擅画山水人物，自成一家，世称米派。

⑧ 通人：指博览古今的人。

⑨ 丘毛伯：名兆麟，临川人，万历进士。

⑩ 寸人豆马：指文章的内容简短。

⑪ 汹汹：指波浪的声音。

⑫ 苍狗白衣：杜甫诗："天上浮云如白衣，须臾忽变为苍狗。"

⑬ 彝鼎商周：彝鼎，古时宗庙常用之器，上刻表彰有功人物的文字，又叫钟鼎文。商周两代把彝鼎当作宝器。

⑭ 丘索坟典：古书《九丘》《八索》《三坟》《五典》的简称。

⑮ 千秋：指不朽的事业，此指立言。《左传》上说："大上有立德，其次有立功，其次有立言，虽久不废，此之谓不朽。"

⑯ 狂狷：狂指进取于善道的人，狷指守节无为的人。

⑰　乡愿：指乡间一种外饰谨厚而好逢迎流俗的人，又叫作伪君子。愿，容貌恭正。

【说明】

汤显祖以戏曲"临川四梦"（《紫钗记》《还魂记》《南柯记》《邯郸记》）著称于世，其中《还魂记》（又称《牡丹亭》）中的《游园惊梦》到现在都还是京剧中最受人欢迎的戏码之一，当代小说家白先勇以同一名称和题材写了一篇评价很高的短篇小说，又改编成同名的剧本，由此可见汤氏作为戏剧家的伟大成就。

在明代中叶，文人争相拟古之际，汤显祖是一个独来独往的狂者。他以《牡丹亭》传达了超越时空、出生入死的爱情观，使晚明充满个人主义的浪漫气息。《〈合奇〉序》一文虽短，但是由此可以一窥汤氏的主要文学观。

首先，他强调天下文章妙在有灵气。而灵气不能以一定的形式规格加以束缚，必须任其自由发挥，所以片纸短幅，绝异古今，乃更为奇妙。《序丘毛伯稿》一文再申说此意云：

天下文章所以有生气者，全在奇士。士奇则心灵，心灵则能飞动，能飞动则下上天地，来去古今，可以屈伸长短生灭如意，如意则可以无所不如。彼言天地古今之义而不能皆如者，不能自如其意者也。不能如意者，意有所滞，常人也。

人有灵气，方能驰骋想象，下上天地，来去古今，以达神化之境。但是，一般人为世习所染，拘泥于八股程式，使得心性不灵，笔墨不灵，所以他又由心性之灵否，而分作者为奇士与常人，最后强调"宁为狂狷，毋为乡愿"。

狂狷与乡愿之辨是讨论晚明文学时不能忽略的论题，必须特别加以说明。最早的文献，见于《论语·子路》：

子曰：不得中行而与之，必也狂狷乎！狂者进取，狷者有所不为也。

孟子对此也有详尽的说明，《孟子·尽心下》有一段话可以解释上文，录之于下：

孟子曰："孔子'不得中道而与之，必也狂狷乎！狂者进取，狷者有所不为也'。孔子岂不欲中道哉？不可必得，故思其次也。""敢问何如斯可谓狂也？"曰："如琴张、曾皙、牧皮者，孔子之所谓狂矣。""何以谓之狂也？"曰："其志嘐嘐然，曰：'古之人！古之人！'夷考其行而不掩者也。狂者又不可得，欲得不屑不洁之士而与之，是狷也，是又其次也。"

至于乡愿，就是孔子所谓的"德之贼"，"巧言、令色、足恭"之流，他们学圣人，只管取皮毛枝节，趋避形迹，以取媚世人，他们看起来比圣人更觉全无破绽，但是精神则完全背离。世俗人不察，易为所惑，无怪乎孔子要大叹"恶紫之夺朱也，恶郑声之乱雅乐也，恶利口之覆邦家者"。

到了明朝，"狂"成为王学的本色，王阳明就自命为"狂者"，据《传习录》所载，王阳明曾经说：

> 我在南都以前，尚有些子乡愿的意思在。我今信得这良知真是真非，信手行去，更不着些覆藏。我今才做得个"狂者"的胸次，使天下之人都说我"行不掩言"也罢。

李卓吾则承继此一思想，而发展出一种似儒非儒、似禅非禅的"狂禅"运动，风靡一时。他们不仅以此标准论人的行径，还以之论人的文章，例如李贽在《藏书》卷三十二《孟轲传论》里，不仅将古名人分为狂、狷两类型——如曾点、微子、箕子、汉高祖、庄子、东方朔、阮嗣宗等人都是狂者；伍子胥、屈原、蔺相如、鲁仲连等都是狷者，他并且将古今文章家也分成两类：如司马相如、李白、王维、柳宗元、苏东坡等是狂者；司马迁、杜甫、孟浩然、韩愈、苏辙等则是狷者。汤显祖特别标出"奇士"以别于"常人"，并且劝为文之人"宁为狂狷，毋为乡愿"也是同样的论点。

兹再举袁中道《淡成集·叙》的一段文字以补足文学的"狂狷论"者所坚持的观点。他说：

由含裹而披敷，时也，势也。惟能言其意之所欲言，斯亦足贵已……其吞吐大丈夫意所欲言，尚患口门狭，手腕迟，而不能尽抒其胸中之奇，安能嗫嗫嚅嚅，如三日新妇为也？不为中行，则为狂狷，效颦学步是为乡愿耳……近日楚人之诗不字字效盛唐，楚人之文不言言法秦汉，而颇能言其意之所欲言，以为拣择太过，迫胁情景，而使之不得舒，真不如倒囷倾囊之为快也……楚人之文不能为文中之中行，而亦必不为文中之乡愿，以真人而为真文……可以知楚风矣。（《珂雪斋近集》卷六）

由于对乡愿的极端排斥，而中行圣人又不可及，于是晚明文人以狂狷为尚，做人要做真人、豪杰、侠士、大丈夫，以"胆""识"相号召；做人则要做真文、真诗，不惜"偏"出正统，"异"于常轨，标"新"与逞"慧"，总以"真情"为要。自居异端，选择偏锋，成为时尚，难怪晚明文化在中国近代史上特别耀眼。

狂狷的强调，导致世习之恣无忌惮与空疏颓废，《四库全书总目提要》极力诋评晚明文风，最后以"好行小慧"四字为定评，真是一语中的，道出了小品作者心中的真意。一般人都以《提要》为准，斥公安、竟陵为文妖，要他们为明朝的亡国负责，这就不免失之本末而以偏见掩盖事实了。即使纪昀本人都承认明末小品有其成就，在《帝京景物略·序》一文中，他说：

盖竟陵、公安之文，虽无当于古作者，而小品点缀则其所宜，寸有所长，不容没也。

这样的观点是可以接受的。所以，"狂狷论"给予文学创作的正负两面影响，值得我们重新检讨。本来，"狂狷论"者就不承认世上有完美无瑕、毫无破绽的人，而其疵处却常常就是他的好处，我们也应本着这个态度去考察才对。

至于"狂狷论"所造成的极端偏差，我们固当衡酌孔子所谓"肆"与"荡"的分际（《论语·阳货》："古之狂也肆，今之狂也荡。"）予以修正，但是，容忍也是必须学习的，对于别人的狂言狂行，大可不必诛之而后快吧！

【作者简介】

汤显祖（1550—1617），字义仍，号若士，临川人，万历癸未（1583）进士，除南太常博士，迁南祠郎，因抗疏论劾政府私信人、塞言语，而贬谪广东徐闻典史，移遂昌县令。后归隐里居二十年，病卒，年六十八。著有《汤显祖集》，其诗文都有独到之处，短篇尺牍，尤其压倒流辈，虽然，其得大名则在剧本，不在诗文，今传汤氏剧作有《还魂记》《邯郸记》《南柯记》《紫钗记》（以上合称"四梦"）和《紫箫记》。

论文（下）

袁宗道

　　爇香者，沉则沉烟，檀则檀气[1]，何也？其性异也。奏乐者，钟不藉鼓响，鼓不假[2]钟音，何也？其器殊也。文章亦然：有一派学问，则酿[3]出一派意见，有一种意见，则创出一般言语；无意见则虚浮，虚浮则雷同[4]矣。故大喜者必绝倒[5]，大哀者必号痛，大怒者必叫吼动地，发上指冠[6]。惟戏场中人，心中本无可喜事，而欲强笑；亦无可哀事，而欲强哭；其势不得不假借模拟耳。

　　今之文士，浮浮泛泛，原不曾的然[7]做一项学问，叩其胸中，亦茫然不曾具一丝意见，徒见古人有立言不朽[8]之说，又见前辈有能诗能文之名，亦欲搦管[9]伸纸，入此行市，连篇累牍，图人称扬。夫以茫昧之胸，而妄意鸿钜之裁[10]，自非行乞左马[11]之侧，募缘残溺，盗窃遗矢[12]，安能写满卷帙乎？试将诸公一编，抹去古语陈句，几不免于曳白[13]矣。其可愧如此，而又号于人曰：引古词，传今事，谓之属文[14]。然则二典三谟[15]，非天下之至文乎？

而其所引果何代之词乎?

余少时喜读沧溟、凤洲⑯二先生集。二集佳处,固不可掩⑰;其持论大谬,迷误后学,有不容不辨者。沧溟赠王序,谓:"视古修词,宁失诸理。"⑱夫孔子所云"辞达"者⑲,正达此理耳;无理,则所达为何物乎?无论《典》《谟》《语》《孟》,即诸子百氏,谁非谈理者?道家则明清净之理,法家则明赏罚之理,阴阳家则述鬼神之理,墨家则揭俭慈之理,农家则叙耕桑之理,兵家则奇正变化之理;汉唐宋诸名家,如董、贾、韩、柳、欧、苏、曾、王诸公⑳,及国朝阳明、荆川㉑,皆理充于腹而文随之。彼何所见乃强赖古人失理耶?凤洲《艺苑卮言》,不可具驳;其赠李序曰:"六经固理之区薮也,已尽,不复措语矣。"㉒沧溟赖古人无理,而凤洲则不许今人有理,何说乎!此一时遁辞㉓,聊以解一二识者摹拟之嘲㉔,而不知流毒于后学,使人狂醉,至于今不可解喻也。然其病源,则不在模拟,而在无识。若使胸中的有所见,苞塞㉕于中,将墨不暇研,笔不暇挥㉖,兔起鹘落㉗,犹恐或逸;况有闲力暇晷㉚,引用古诗句耶?故学者诚能从学生理,从理生文,虽驱之使模,不可得矣。

【注释】

① "蒻香者"三句:蒻,音 ruò,有烧的意思。三句意思是:烧香时用沉香则有沉烟,用檀香则有檀气,气味不同。

② 假:借。

③　酿：凡事情经酝蓄而渐成叫酿。

④　雷同：指文字抄袭，与人重复。

⑤　绝倒：大笑。《归田录》："往往哄堂绝倒，自谓一时盛事。"

⑥　发上指冠：形容人盛怒的样子。《史记·刺客列传》说荆轲："复为慷慨羽声，士皆瞋目，发尽上指冠。"

⑦　的然：明白，明确。

⑧　立言不朽：古人以立德、立功、立言为三不朽。

⑨　搦管：执笔。搦，音 nuò，有"持"的意思。

⑩　鸿钜之裁：指长篇巨作。

⑪　左马：左指《春秋》的作者左丘明，马指《史记》的作者司马迁。

⑫　募缘残溺，盗窃遗矢：募缘，求人布施叫募化，也叫化缘。残溺、遗矢，指便屎。溺，通"尿"。矢，与"屎"通。如《史记·廉颇蔺相如列传》说廉颇："一饭三遗矢。"

⑬　曳白：指作文不能下笔而交白卷。《旧唐书》："张奭持笔终日，笔不下，人谓之曳白。"

⑭　属文：犹言作文，谓连缀字句，使之相属。属，缀辑之。

⑮　二典三谟：二典指《尧典》及《舜典》。三谟，实指二谟，指《大禹谟》《皋陶谟》，都是《尚书》的篇名。

⑯　沧溟、凤洲：沧溟是李攀龙的字，嘉靖进士，文章多佶屈聱牙。凤洲，王世贞的字，太仓人，诗文和攀龙齐名。二人都提倡复古。

⑰ 掩：遮蔽。

⑱ 视古修词，宁失诸理：是说注重辞藻，宁使道理欠缺。

⑲ 孔子所云"辞达"者：《论语·卫灵公》，子曰："辞，达而已矣。"意思是说言语、文章只需把自己心中的意思，说得通畅透彻就可以了。

⑳ 董、贾、韩、柳、欧、苏、曾、王诸公：指汉董仲舒、贾谊，唐韩愈、柳宗元，宋欧阳修、三苏（苏洵、苏轼、苏辙）、曾巩、王安石。

㉑ 国朝阳明、荆川：国朝，明朝。阳明，王守仁，字伯安，余姚人，曾筑室阳明洞中，世称阳明先生。他的学说以良知良能为主，集宋明理学之大成。荆川，唐顺之，字应德，武进人，学者称荆川先生。

㉒ "六经"三句：是说六经集理已尽，今人不能再置语叙说。

㉓ 遁辞：指支吾闪避的言辞。

㉔ 解一二识者摹拟之嘲：自作解释，以免他人嘲笑。

㉕ 苞塞：充塞。苞与"包"通。

㉖ 墨不暇研，笔不暇挥：指文思泉涌，无暇研墨挥笔。

㉗ 兔起鹘落：兔善跳，从伏地到跃起极为迅速。鹘，鹰的一种，善俯冲，飞落动作也很快。此处比喻写作速度之快。

㉘ 闲力暇晷：指多余的力气、时间。晷，时间。

【说明】

《论文》有上下两篇：上篇谈文章表达的问题，强调学古要学其意，不必拘泥其字句；下篇谈文章的内容，主张今人要有自己的意见，才会有自己的语言。

《论文》的写作，是针对王世贞、李攀龙等人复古思想所造成的偏差，提出修正。王、李的末流，遣词造句，艰深奇奥，令人难以卒读，它的极端是地名、官衔，等等，全用秦汉名称。为何不用当代的语文呢？因为他们认为俚俗的文字不"文"，不"雅驯"。袁宗道提出了强而有力的反对意见，他说：

夫时有古今，语言亦有古今；今人所诧为奇字奥句，安知非古之街谈巷语耶？

"奇字奥句"与"街谈巷语"的不同，如同今日所谓的"文言"与"白话"。复古派的学者忽视了语言进化的事实，以为贩夫走卒、野路恶道的方言时语难登大雅；而拘泥俯伏于已经僵毙的古文字。《论文》上篇从进化观批判复古派，而主张写作平易通晓、词能达意的文章。

古今文学论争，从本质看来，都是语文演进的必然结果，当一种语言文字的表达，不再能够唤起读者的想象和美感时，也就是文章已经变成陈腔滥调的时候，先觉者就会引进新鲜的语言和意象，以起死回生。例如，骈文僵化了，韩愈用散文换骨；文言老朽了，胡适之用白话输血。袁宗道为街巷辩护，袁中郎写俚俗的文章，都具有先知先觉的智慧，所以能够一呼众应，蔚为风气。

又语言之所以僵毙，没有美感，是因为它无法传达新鲜的意象，而新鲜的意象来自活泼的心灵，所以文学语言的革新，常常伴随着思想的改造。韩愈的古文运动唤起尊王攘夷和儒家道统的思想，胡适之的白话文学运动则引进了西方的科学与民主的思想。公安派对文学语言的自觉，基本上就是文学平等精神的化身。这种思想和语言的关系，《论文》下篇说得斩钉截铁：

有一派学问，则酿出一派意见；有一种意见，则创出一般言语；无意见则虚浮，虚浮则雷同矣。

形式和内容是不可分的，李攀龙"宁失诸理"与王世贞"理数已尽"的说法，基本上都犯了二分法的毛病，才会执着于形式的模拟。袁宗道说他们的病源在于"无识"，确实直指要害，为古今不易之至理。

《论文》上下篇，言简意赅，兼顾形式和内容，是公安派论文的重要文献。

【作者简介】

袁宗道（1560—1600），字伯修，号石浦，是公安三袁的老大。一生向慕白乐天和苏东坡的为人，所以取"白苏"为斋名，著作亦称《白苏斋集》。公安派的文学运动，是由他和馆阁之士黄辉、陶望龄等人发端的。

叙陈正甫①《会心集》

袁宏道

世人所难得者唯趣。趣如山上之色，水中之味，花中之光，女中之态②，虽善说者不能下一语，唯会心③者知之。今之人慕趣之名，求趣之似，于是有辨说书画，涉猎古董以为清；寄意玄虚④，脱迹尘纷⑤以为远。又其下则有如苏州之烧香煮茶者。此等皆趣之皮毛，何关神情！

夫趣得之自然者深，得之学问者浅。当其为童子也，不知有趣，然无往而非趣也。面无端容，目无定睛，口喃喃而欲语，足跳跃而不定，人生之至乐，真无逾于此时者。孟子所谓"不失赤子"⑥，老子所谓"能婴儿"⑦，盖指此也。——趣之正等正觉最上乘也⑧。山林之人，无拘无缚，得自在度日，故虽不求趣，而趣近之。愚不肖之近趣也，以无品⑨也。品愈卑，故所求愈下：或为酒肉，或为声伎，率心而行，无所忌惮，自以为绝望于世，故举世非笑之不顾也。此又一趣也。迨夫年渐长，官渐高，品

114

渐大，有身如梏^⑩，有心如棘^⑪，毛孔骨节，俱为闻见知识所缚，入理愈深，然其去趣愈远矣。

余友陈正甫，深于趣者也。故所述《会心集》若干人，趣居其多；不然，虽介若伯夷^⑫，高若严光^⑬，不录也。噫！孰谓有品如君，官如君，年之壮如君，而能知趣如此者哉！

【注释】

①　陈正甫：名所学，号志寰，竟陵人。万历年间进士，累官户部尚书。

②　"山上之色"四句：趣味有如山色、水味、花光、女态，都是只能感受而不能触摸得到的。

③　会心：心神相通。

④　寄意玄虚：将己身寄托于玄远虚渺的世界。

⑤　脱迹尘纷：形迹远离尘俗纷扰。

⑥　孟子所谓"不失赤子"：孟子："大人者，不失其赤子之心者也。"赤子，刚生下的婴儿，面色红润，所以叫赤子。

⑦　老子所谓"能婴儿"：老子："复归于婴儿。"

⑧　正等正觉最上乘也：正等正觉，佛家语。意思是说洞明真谛，至平等觉悟的境地。上乘，喻佛法之深。

⑨　无品：品，品格。没有品格，指趣味不高。

⑩　有身如梏：桎梏，刑具，用来拘拿罪人，在脚叫桎，在手叫梏。"身如梏"比喻有身不得自由。

⑪　有心如棘：凡是草木刺人的就叫棘。"心如棘"是比喻心有所困，受到阻扰。

⑫　介若伯夷：伯夷，商朝孤竹君的儿子，让位给他的弟弟叔齐，叔齐亦不受。后二人隐居首阳山，不食周粟而死。介，有耿介的意思。

⑬　高若严光：严光，字子陵，东汉余姚人。少与光武同学，光武即帝位，严氏更改姓名隐身不见，后人以为"高"。高有清高的意思。

【说明】

袁宏道是三袁中的老二，在公安派的文学运动中，他最具有胆识，影响最大。

中郎的主要文学思想可以归结为两句话，就是"独抒性灵"和"不拘格套"，或者说"情真"与"语直"，"独抒己见"与"信心而言，寄口于腕"。不管是哪一组概括，实际内涵都相同，而且每一组中的两句都是并生并育、相辅相成，涵盖文学的内容和形式，舍弃任何一端都会丧失公安派的精神。兹先谈"独抒性灵"。

袁中郎所揭举的"性灵"，他的弟弟小修乐道的"精光"，还有他的朋友江盈科所谓的"元神"等，公安派诸人所用的术语虽然不同，它们的内涵都和李卓吾的"童心"相近：都是指未经道理闻见蒙蔽的本心。"独抒性灵"乃针对文学的内容要求"有我"与"存真"："有我"所以不必师法古人，而要师法自己的性灵；

"存真"则要求做真人，以真情发为真诗。这在前面论李卓吾的童心说时已经说过，此处不再重复。

此外，中郎提出"趣"和"韵"，作为性灵文学追求的境界。《叙陈正甫〈会心集〉》所谈的是"趣"；论"韵"则以《寿存斋张公七十序》一文最详尽，该文说：

> 山有色，岚是也；水有文，波是也；学道有致，韵是也。山无岚则枯，水无波则腐，学道无韵则老学究而已。昔夫子之贤回也，以乐；而其与曾点也，以童冠咏歌。夫乐与咏歌，固学道人之波澜色泽也……大都士之有韵者，理必入微，而理又不可以得韵，故叫跳反掷者，稚子之韵也；嬉笑怒骂者，醉人之韵也。醉者无心，稚子亦无心。无心，故理无所托而自然之韵出焉。由斯以观，理者是非之窟宅；而韵者，大解脱之场也。（《袁中郎全集》卷二）

合两篇齐观，中郎所谓的"趣"和"韵"，都是山色水文一般可以感觉得到却无法定执的境界，它们都是作者自然无心的表现；常人多落入理窟，为闻见知识所缚，而与趣韵相违，一部分人则有意追求趣韵，却又只得皮毛，不能得其神情。

趣韵说是童心说的发挥，它固然强调"赤子""婴儿"的自然而然，不容假借学问的装点，但并不是说人应永远止于初生儿的无知无识，所强调的乃是护持之力，要如莲花之出淤泥而不染。

理，固然是是非之窟宅，不可以得韵；但是有韵之士，却入理之微，然后得到大解脱，化为咏歌与乐境。一般人学道入理，却无法超乎其外，乃成迂腐冬烘，毫无波澜色泽。

可是，皮毛容易模仿，神情难以把捉，中郎虽然严于分辨，却无法禁人学习，结果，没有真名士，却有假风流，咏歌喜乐真难得，烧香煮茶偏易为，也就难怪"趣、韵"两境在晚明社会，人人说得却做不得，而其末流，玩物丧志，沉溺声色，不知伊于胡底了。

其次，再说"不拘格套"。

大家都知道"不拘格套"的目的是要解除形式的束缚，以求得创作的最大自由，那么，有哪些束缚必须解脱的呢？我们可以约之为三：一是雅文，二是格式，三是庄语。所谓"雅文"是指表达的语言文字以古为"雅"，以今为"俗"，而予排斥。袁中郎为当代的俗语方言辩护道：

> 世道既变，文亦因之，今之不必摹古者也，亦势也……事人物态，有时而更；乡语方言，有时而易。事今日之事，文今日之文而已。（《袁中郎全集》卷二十二《与江进之》）

这类主张和袁宗道论文的意见是一致的，他们为俗文学的价值找到了理论的基础，为诗文创作的语言找到了新的生命。

袁中郎是主张突破一切格式的束缚的，他说：

文章新奇，无定格式，只要发人所不能发，句法字法调法，一一从自己胸中流出，此真新奇也。(《袁中郎全集》卷二十四《答李元善》)

至于"庄语"，指写作的笔调庄重严肃，使得文章板重不灵。袁中郎反对故作庄重语，他批评江进之的文章说：

城行诸记，描写得甚好。谑语居十之七，庄语居十之三，然无一字不真。把似如今之作假事假文章人看，当极其嗔怪，若兄决定绝倒也。(《袁中郎全集》卷二十二《与江进之》)

文章以真为贵，表现时，用什么笔调是无所谓的。就像庄子为文，兼采寓言、重言和卮言，中郎主张为文不妨庄谐并呈。话说得可爱，让别人会心，固然很好；如果必要，话说得可惊，让人破胆也无妨；话说得幽默，让人咧嘴捧腹，也未尝不可以。

雅文、格式与庄语三层束缚被解脱以后，才是形式上的真正自由。晚明小品因为得到了真自由，所以能够畅所欲言，言无不尽，歌哭笑骂，总是真情的自然流露。

《警世通言》序

无碍居士

　　"野史①尽真乎？"曰："不必也。""尽赝乎？②"曰："不必也。""然去其赝而存其真乎？"曰："不必也。"六经、《语》、《孟》③谭④者纷如⑤，归于令人为忠臣、为孝子、为贤牧⑥、为良友、为义夫、为节妇、为树德⑦之士、为积善之家，如是而已矣。经书著其理，史传述其事，其撰一也⑧。理著而世皆切磋之彦⑨，事述而世不皆博雅之儒。于是乎村夫稚子、里妇估儿⑩，以甲是乙非为喜怒，以前因后果为劝惩⑪，以道听途说⑫为学问，而通俗演义一种，遂足以佐经书史传之穷，而或者曰：村醪市脯⑬，不入宾筵，乌用是齐东娓娓者为⑭？

　　呜呼！大人子虚⑮，曲终奏雅⑯，顾其旨何如耳？人不必有其事，事不必丽其人，其真者可以补金匮石室之遗⑰，而赝者亦必有一番激扬劝诱悲歌感慨之意，事真而理不赝，即事赝而理亦真，不害于风化，不谬⑱于圣贤，不戾⑲于诗书经史，若此者，其可废乎[20]？里中儿代庖而创其指[21]，不呼痛，或怪之，曰："吾顷从玄妙观听说《三国志》来，关云长刮骨疗毒且谈笑自若，我何痛为？[22]"夫能使里中儿顿[23]有刮骨疗毒之勇，推此说孝而孝[24]，说忠而忠，说节义而节义，触性性通，导情情出，视彼切磋之彦，貌而不情；博雅之儒，文而丧质，所得竟未知孰赝而孰真也。

陇西君，海内畸士[25]，与余相遇于栖霞山房。倾盖莫逆[26]，各叙旅况，因出其新刻数卷佐酒，且曰："尚未成书，子盍[27]先为我命名？"余阅之，大抵如僧家[28]因果说法度世之语，譬如村醪市脯，所济者众，遂名之曰《警世通言》而从臾[29]其成。

【注释】

① 野史：私家的记载，有别于史官所记，故称野史。

② 尽赝乎：完全是假的吗？赝，指假的东西。

③ 六经、《语》、《孟》：六经指《诗》、《书》、《易》、《礼》、《乐》、《春秋》；《语》、《孟》就是《论语》和《孟子》二书。

④ 谭：谈。

⑤ 纷如：很多的样子。

⑥ 贤牧：贤明的在上位者。

⑦ 树德：树立品德。

⑧ 其揆一也：道理是相同的。揆，指"道理"。

⑨ 彦：俊美之士，贤者。

⑩ 里妇估儿：村妇与商人。

⑪　劝惩：鼓励和惩罚。

⑫　道听途说：说没有根据的话。

⑬　村醪市脯：指乡下人所酿造的浊酒及制成的干肉。醪，浊酒。脯，干肉，一作干果，如桃脯、杏脯等。

⑭　乌用是齐东娓娓者为：何必因此像野人一般地谈论不休呢？乌，有"何"的意思。齐东是指《齐东野语》，意思说野人传述的话，不为典要。娓娓，不倦的样子。

⑮　大人子虚：汉朝司马相如有名的赋篇：《大人赋》和《子虚赋》。

⑯　曲终奏雅：通俗的靡靡之音演奏终了，再以雅正古典的曲子结束。比喻结局美善。

⑰　补金匮石室之遗：金匮、石室都是国家藏书的地方，此处用以指经书史传等典籍。此句是说通俗演义可以弥补经书史传的缺漏。

⑱　谬：误。

⑲　戾：违背。

⑳　其可废乎：难道可以废弃吗？其，同"岂"字，有"难道"的意思。

㉑　创其指：伤了手指。

㉒　"关云长刮骨疗毒"二句：关云长就是三国蜀汉的关羽，智勇双全，曾与曹军交战，为曹仁毒箭射伤，毒已入骨，华佗为他刮骨疗伤，士兵都掩面失色，云长却饮酒食肉，谈笑下棋，全

无痛苦的脸色。下文"我何痛为"是说：我怎会感到痛呢？

㉓ 顿：立刻。

㉔ 说孝而孝：谈孝道就能身体力行，孝顺双亲。

㉕ 陇西君海内畸士：畸，奇异也。陇西君或谓冯梦龙的假托。

㉖ 倾盖莫逆：倾盖，是说停车交盖而谈，指朋友的相遇。盖，指车盖。莫逆，是说心意相契合。

㉗ 盍：何不。

㉘ 僧家：指皈依佛教的出家人。

㉙ 从臾：或写作"怂恿"，劝也。

【说明】

"无碍居士"，据专家的研究，就是冯梦龙，生于 1574 年，死于 1646 年，字犹龙，又署名龙子犹、顾曲散人、墨憨斋主人等。他深受李贽思想的影响，特别重视小说、戏曲、民歌、笑话等通俗文学，毕生从事搜集、整理和编辑的工作。最著名的就是宋元话本的编辑和写作，完成《喻世明言》（一名《古今小说》）、《警世通言》和《醒世恒言》合称"三言"的话本集，又辑有《挂枝儿》（童痴一弄）和《山歌》（童痴二弄）等民歌集；《古今谭概》《情史》《智囊》等笔记小说；《太霞新奏》等散曲集；并改写小说《平妖传》和《新列国志》等；著有传奇《双雄记》，改写汤显祖、袁于令等人戏曲多种，合称《墨憨斋定本传奇》。从上述所列著作之多而广，可见冯梦龙对通俗文学的贡献是非常大的。

"三言"是研究话本的重要史料，而"三言"的序则是研究冯梦龙的小说观的重要文献。《喻世明言》的序署名绿天馆主人，《警世通言》的序署名无碍居士，《醒世恒言》的序署名可一居士，这三个名字据研究应该都是冯梦龙的化名。三篇序对于小说的观念，虽有详略、轻重之别，基本的看法是相通的。兹就三篇序介绍晚明的小说观。

首先，三序给予小说肯定的价值，因为小说可以教化社会，辅助经书史传之所穷。所以书名都强调"喻世""警世"和"醒世"之旨。经书所传的理、史传所传的事，固然可以使部分读书人成为博雅俊彦之士，但是民间村夫村妇、贩夫走卒、里巷小儿，却无法直接从高文典册中得到教训，只好道听途说人间世相的喜怒哀乐和因果报应，以为反省的借镜。而通俗演义的写作，相当明白、通俗，让人习读不厌，发挥快捷而深刻的感染力，一个说书人当场演说描写，"可惊可愕，可悲可涕，可歌可舞"，可以使听者"怯者勇，淫者贞，薄者敦，顽钝者汗下"，使里中儿效关云长刮骨疗毒之勇、之忠、之节、之义。所以，《醒世恒言·序》说："明者，取其可以导愚也；通者，取其可以适俗；恒则习之而不厌，传之而可久。"适俗导愚又使人不厌，就如今人所谓的教化兼娱乐，难怪小说要大为通行了。

小说既以民间大众为其对象，文章就必须通俗，如果道理太过艰深，修辞过于藻饰，人们便无法接受。所以，同属小说，用文言写作的唐代传奇，就远不如用白话演述的宋代话本的通俗，《古今小说·序》说：

> 大抵唐人选言，入于文心；宋人通俗，谐于里耳。天下之文心少而里耳多，则小说之资于选言者少，而资于通俗者多。

唐人用文言写作传奇小说，文言，是选言，是比较精练的文字。宋人则用白话写作话本小说，白话是通俗的言语，它虽然不入于文心，不合于少数专家的要求，却可以与里耳相通，大为流行。白话通俗小说因此得到肯定。因为读者群的不同，作家创作时应有不同的考虑。批评家因此不能苛责通俗小说的语言不文不雅。

正人君子还有一种偏见，他们认为经书史传记载的是真人真事的大道理，而小说则纯属子虚乌有，人事皆赝。《警世通言》的序，辩护道：

> 大人子虚，曲终奏雅，顾其旨何如耳？人不必有其事，事不必丽其人，其真者可以补金匮石室之遗，而赝者亦必有一番激扬劝诱悲歌感慨之意，事真而理不赝，即事赝而理亦真，不害于风化，不谬于圣贤，不戾于诗书经史，若此者，其可废乎？

虽然此序的观点有所局限，它只从理真不悖的角度来强调人事之可以不真，而没有从小说虚构想象的本质加以肯定，但是它明白指出：小说中"人不必有其事，事不必丽其人"，通俗演义中的真人真事可以弥补正史记载之不足，而其中人事皆假、纯属虚构的部分，未尝不能蕴含真理，就好像司马相如的《大人赋》和《子虚赋》，虽然所说的都是一些子虚乌有的事，但是篇末都归结于人臣劝谏之意。只要题旨合于正道，不伤风败俗，就有其存在的价值，不能轻言废弃。小说中的悲歌感慨，忠孝节义，更能够"解性性通，导情情出"，使里中小儿在潜移默化中学为圣贤豪杰。相对于此，儒彦之斟酌于文貌，而丧其内在情质者，即使人事皆真，情理反而显得虚假了。

综合上述所言，晚明对于小说题材的处理，语言的通俗和小说的社会教育功能等都已经有清楚的认识，但是都还不免受到时代的局限。要到明末清初的金圣叹，才完全认识到小说虚构的本质，使小说不必再依附于经史，并且对于小说创作的艺术——从语言的创造，人物形象的刻画，到全书结构的安排等都有独到的见解。虽然以纪晓岚为代表的四库全书派的学者又极度保守地把小说排斥在四库之外，但是却无法扑灭民众对小说的兴趣，使得长篇小说在明清两代成为极具代表性的文体，产生了《红楼梦》《儒林外史》等照耀古今、辉映中外的伟大著作。从这一点看来，晚明文学在中国文学发展史上的地位，是具有开创新机的重要意义的。

第四章　书信篇

致李子髯公

袁宏道

髯公近日作诗否？若不作诗，何以过活这寂寞的日子也？

人情必有所寄，然后能乐。故有以弈①为寄，有以色为寄，有以技为寄，有以文为寄。古之达人，高人一层，只是他情有所寄，不肯浮泛虚度光景。每见无寄之人，终日忙忙，如有所失，无事而忧，对景不乐，即自家亦不知是何缘故。这便是一座活地狱，更说甚么铁床铜柱，刀山剑树②也？可怜！可怜！

大抵世上无难为的事，只胡乱做将去，自有水到渠成日子。如子髯之才，天下事何不可为？只怕慎重太过，不肯拼着便做。勉之哉！毋负知己相成之意可也。

【注释】

① 弈：下棋。

② "活地狱"三句：铁床铜柱、刀山剑树，都是传说中地

狱的刑具，人世间虽无此等刑具，可是终日忧愁不乐，那活着就是地狱了，痛苦远过冥间。

【说明】

袁中郎的文章以清新流利见长，书信更是亲切自然，真情流露，毫不矫揉造作。

书信之所以感人，常常不在于应酬问答之语，而在于作者本人思想感情的自然流露，原本无意勉强对方接受，可是，那闲闲道来的语调，不拘的笔法，亲切的口吻，呈现出清晰的音容笑貌，让你在时空暌隔的日子里，倍觉友情的安慰，解除漫漫长夜的寂寞。

袁中郎这一封给子髯的信，固然是为了勉励对方放心做事，不要考虑太多，以免为自己带来无谓的烦恼。但是，篇首却问近日是否作诗，然后道出自家以诗为寄、排遣寂寞的处世方法，轻松潇洒，让人觉得真是不必"无事而忧，对景不乐"。

中郎说："人情必有所寄，然后能乐。"而其寄托的事物，可以是弈棋、声色、技术，或者是文章。他并没有特别以文章为尚，这是因为晚明社会，百业竞荣，各种才艺都可以出头的缘故。《寄散木》一信也表达了同样的意思，他说：

散木近作何状？人生何可一艺无成也。作诗不成，即当专精下棋，如世所称小方小李是也。又不成，即当一意蹴鞠掷弹，如世所称查八十郭道士等是也。凡艺到极精处，皆可成名，强如世间浮泛诗文百倍。幸勿一不成两不就，把精神乱抛撒也。知尊多艺，故此相抵。勉之哉！

中郎的平等观，视之于某些士大夫之营营仕途，作文矜高的做法，是高超得多，到现在看来，仍然不失为正确的意见，值得参考。

与刘云峤祭酒

袁宏道

潘云松①尝私谓弟："刘君异日必有可观：识见高，骨力强，韩、范②一等人也。"弟私衷亦以为然。今尊兄出为海内师矣，陶铸③一世，此其发轫④。

如此世界，虽无甚决裂⑤，然阁郁⑥已久，必须有大担当者出来整顿一番。陶石篑近字道其宦情⑦灰冷，弟曰："吾儒说立达⑧，禅宗说度⑨，一切皆赖些子煖气⑩流行宇宙间，若直恁冷将去，恐粹氏亦尤此公案⑪。"苏玉局、白香山⑫非彼法中人乎？今读二公集，其一副忧世心肠，何等紧切，以冷为学，非所闻也。不知尊兄以为然否？

黄平倩⑬去岁闻有疾，近传其小愈，然至今尚未北行，何也？弟山居全无长进，今秋尚当强颜⑭一出，然酸迂⑮成性，虽出何补⑯？孟夫子所谓为贫而仕者也⑰。

【注释】

① 潘云松:"云"疑为"雪"之误。潘士藻,字去华,号雪松,婺源人。中郎集中有诗题:"舟中与诸上人谈亡友潘雪松事以记之。"

② 韩、范:指宋朝的韩琦、范仲淹。

③ 陶铸:范土铸金,此处比喻改造世界。

④ 发轫:轫,支轮木。车行须去支轮之木,故启行叫发轫。俗谓凡事始行叫发轫,本此。

⑤ 决裂:破坏。

⑥ 阁郁:阁,即搁。阁郁,指抑郁不展。

⑦ 宦情:为官的心情。

⑧ 吾儒说立达:儒家思想以孔子为代表,强调"己立立人""己达达人"的观念。

⑨ 禅宗说度:禅宗是佛教宗派名。度有度脱的意思。佛家的精神在超度众生解脱生死的痛苦,所以说禅宗说度。

⑩ 煖:同"暖"字。

⑪ 公案:禅家应佛祖所化的机缘,提起越格的言语,动作的垂示,后人称作公案。

⑫ 苏玉局、白香山:指宋朝的苏东坡及唐朝的白居易。二人皆好佛事。

⑬ 黄平倩:黄辉,字平倩,又字昭素,号慎轩,与袁氏兄弟非常友善。

132

⑭ 强颜：强作欢颜。

⑮ 酸迂：即酸腐。讥人的思想、言语、行动陈旧且迂拘。

⑯ 补：有助益的意思。

⑰ 孟夫子所谓为贫而仕者也：《孟子·万章》："仕非为贫也，而有时乎为贫……为贫者，辞尊居卑，辞富居贫。辞尊居卑，辞富居贫，恶乎宜乎？"大意是说：做官本为行道，不是为了家贫，但有时确为家贫而谋禄。如果为贫而做官，当辞尊位而居小官，辞重禄而受薄俸。

【说明】

晚明万历年间，神宗怠政，朝政为中官把持，魏忠贤和他的党徒，透过锦衣卫的特务系统，残害忠良，使正论难伸，阴机遍伏。忧国之士无不希望"有大担当者出来整顿一番"，所以，当"识见高，骨力强"的刘云峤出为祭酒时，袁中郎就写信向他殷殷致意。

中郎的忧世心肠在另一封《上孙立亭太宰书》中更显得迫切，书中他强调崇正抑阴的重要性，并以择人速断为救世之方，下引一段文字以观中郎的见解：

今之议论，纷纭已极。除奸之道，在辨其魁而断之，独所言为国家者正也；所言为身家者奸也。论人有实迹不伤厚道者正也；论人而牵枝带蔓，语幽隐而意倾险者奸也。直言时事，无所依违者，虽偏亦正也；假借题目，预为迎合者，虽正亦奸也。所谓抑阴者此也。又有一种奸邪，本非族类，知有弥天之罪，不容于世，则又强附正论，捏造书札，以恐吓乡曲，其言似忠，其计甚诡，犹当急辨。

由中郎的信中，可以见出当时奸人言语行事之一斑，以及中郎之疾恶如仇的态度。

政局黑暗，仕途险巇，正人君子不同流合污，则备受打击，使人宦情灰冷，不得已而归隐。热血男子袁中郎在吴县县令任内，任事廉洁，赢得"二百年来无此令"的美誉，最后还是因与当道相左而拂衣去职。后虽归隐林园，潜心道妙，却仍归屡出，虽然谦称"为贫而仕"，"虽出何补"，但是观《公安县志》本传所载，即使不得大用，中郎在历任官职上总是能够为国除蠹选才，或许就是这一封信中所谓"赖些子煖气流行宇宙间"吧！

与袁中郎时代相近的张鼐在一封信里透露出与中郎一致的淑世心肠，《与姜箴胜门人》说：

足下，讲臣也，朝夕对扬重瞳（传说舜为重瞳子，此处借以指贤君。对扬重瞳，意谓答对贤君之美命而予称扬），须留一段光明于胸中，即不宜轻发以逢时忌，而因事陈规，婉词微讽，当有旋转妙用，莫负此千载遭逢也！吾辈口不宜快，而心固不可不热。

张萧强调，为了避免触犯时忌，固然应当懂得旋转之妙用，唯须永保心头火热、光明。有此坚持，才可以使煖气流行，世界才不会恁地冷将下去吧！

读者看袁中郎，如果只看他幽默戏谑的表面，看他闲适悠游的情调，没有体会他在困局中隐微的心志，这就不免买椟还珠之讥了。

与山阴王静观

沈承

沈郎家住娄水湄①，虽心折②山阴王先生，实纸上交而已。里人笑骂沈郎，不值半钱；而王先生不远五百里走双鱼③赠我，更千万声奇我④，静观，静观，那不虑人并笑骂王郎也？弟于世间，绝意不望相知人，于人前绝意不开相知口。惟忆客岁江上逢两友，遍索沈郎于破邸⑤中。尔时草床瓦盆，呼酒就谈，刺刺⑥不能别，颇为有古风有奇趣。不图今时又有王郎作对，快心快心。人生何必时俗喜，亦何必鬼神怜。但愿对俊⑦男子大吐肝膈⑧，痛哭一场，足了事矣。虽然，兄见沈郎冷冷落落，无寒暄，小醉则又颠颠狂狂无定准，恐王先生见之，亦复笑骂也。所惠皆投弟癖；童子皆私诧⑨谓山阴相公别有眼睛，善察人情如此。赤手无长物⑩，近艺几幅作报，料静观决不以礼数罪人耳。《破浪草》吓碎世胆；又出《我旋草》，可谓咄咄逼人⑪。适因徙居⑫，未暇作序；无已，请即以笺代，何如？中有一二语焉，为人笑骂而实笑骂人者，恐欠厚道，仗兄削去。

【注释】

① 娄水湄：娄水在江苏吴县东，太湖的支流。湄，水岸。

② 心折：心中佩服。

③ 双鱼：书札。又叫双鲤，古人寄书，常以尺素结成双鲤形，故名。

④ 奇我：以我为奇。

⑤ 邸：舍。

⑥ 刺刺：形容说话的声音。

⑦ 俊：才智出众的。

⑧ 大吐肝膈：畅谈心底事。

⑨ 诧：讶异。

⑩ 长物：多余的东西。

⑪ 徙居：迁居。

【说明】

且让我们先看一首诗：

男儿不得直双肩，逢次春来逢次怜。

梅玉一瓶书一束，满窗风雨坐新年。

——《癸丑元日》

这首诗写在明神宗万历四十一年，那是怎样的一个时代呢？神宗皇帝贪财荒怠，不理朝政，阉官弄权，党同伐异。北方有对辽的战争，南方则倭寇不断骚扰；民间则遍布矿使税吏，狂征暴敛；地方胥吏则如三公五霸，作威作福，百物腾贵，民不聊生。如果不是生当其时，深受其害的人，大概无法体会"十里人如虫，插竿不容罅""呜呼天罚人，惟贫为不赦"（《玉粒谣》）这类诗句背后作者的深沉哀痛吧？这样的日子，又是风又是雨，每当一元复始、万象更新之际，一个知识分子体认时代多虞，虽然愿意用自己的双肩去承荷，可是有志不获逞，只能忧心悄悄，"坐"看"满窗风雨"，"春"风"春"雨愁煞人了。

这一首诗具体而微地刻画风雨飘摇的时代，一个失志英雄的挫折与悲怀。诗的作者——沈承，字君烈，生在明末，虽有俊才，参加七次科举考试，都铩羽而归，一生贫病，儿女夭亡，赍志以终，年只三十八。历史上，这类人物不少，但是，大江东去以后，也就无声无息，再没有人记得他们。可是，沈承却留下一部书——《即山集》，让人难以忘怀。

翻开《即山集》，触目惊心，我们看到了一个不可思议的世界：魑魅魍魉，恣意横行；蚍虱蝇蚓，随处冲撞；阴冷萧飒，狞鬼啼哭，其中有人焉，谑浪笑傲，歌哭啸骂。沈承以萧骚激越的声音，怪诞恢诡的意象，强而有力地述说自己的贫病孤介，愤世嫉俗。三四百年下来，仍然热血跃动，穿透纸背。让我们再谛听这不灭的诗魂泣血的歌唱：

囊无子母舌无耕，聚落藏家小小成。

草履窗晴闲挂壁，蒲床夜雨梦谈兵。

狂讴剧本飞沉快，偶弄鱼纶得失轻。

自是时人参不透，冤余作意傲公卿。

——《自述》

膻趋荣有事，雌守耻无能。

白蠹盐消引，青蚨血触鹰。

侠游酬骂伎，豪举讼搏僧。

苦雨凄风夜，彷徨睡未曾。

——《慢世》

何物命顽皮，千鞭不肯飞。

朋情消冷釜，市眼贱儒衣。

唇为沉忧蚀，眉因宿垢肥。

惯爷爷亦得，未服是知希。

——《杂啼》

当然，最了解沈承的还是与他共度十二年婚姻生活、一起面对贫病死亡的妻子——薄少君，她在君烈死后，写下了百首悼亡诗，"哭君莫作愁闺怨，薤露（挽歌，以哀吊死人）须歌铁板声。"这些诗篇真正是沈承的知音，她说：

铁骨支贫意独深，有晴不屑顾黄金。

时人漫赏绣虫技，没却英雄一片心。

半世心精苦绣成，山河拟仗笔尖平。

今朝束起悬高阁，落手犹闻叹息声。

不管是质与量，这些诗都是中国文学史上不同凡响的悼亡诗。更令人神伤的是：写了悼亡诗，产下一个遗腹子，就在沈承死后一年又一日，薄少君也以同一病症殒身，相随于地下矣！遗孤则由沈家的好友、复社领袖之一的张溥自动负起抚育责任，一时之间，"君烈为畸人，少君为畸配，天如（张溥字天如）为畸友"美谈腾传。那样一个时代，那么一个平凡的书生，留下这么动人的诗篇和事迹，合上《即山集》，吾人竟禁不住唏嘘泪下，久久不能自已矣！

至于这一封短柬，有了上述的体认，就不解自明了。

潍县①署中与舍弟墨②第二书

郑燮

　　余五十二岁始得一子，岂有不爱之理！然爱之必以其道，虽嬉戏顽耍③，务令忠厚悱恻④，毋为刻急⑤也。

　　平生最不喜笼中养鸟，我图娱悦，彼在囚牢，何情何理，而必屈物之性⑥以适吾性乎！至于发系蜻蜓，线缚螃蟹，为小儿顽具，不过一时片刻便折拉而死。夫天地生物，化育劬劳⑦，一蚁一虫，皆本阴阳五行⑧之气氤氲⑨而出。上帝亦心心爱念，而万物之性人为贵，吾辈竟不能体天之心以为心，万物将何所托命乎？蛇蚖⑩蜈蚣、豺狼虎豹，虫之最毒者也，然天既生之，我何得而杀之？若必欲尽杀，天地又何必生？亦惟驱之使远，避之使不相害而已。蜘蛛结网，于人何罪？或谓其夜间咒月，令人墙倾壁倒，遂击杀无遗，此等说话，出于何经何典，而遂以此残物之命，可乎哉？可乎哉？

　　我不在家，儿子便是你管束。要须长⑪其忠厚之情，驱⑫其

141

残忍之性，不得以为犹子⑬而姑纵惜也。家人儿女，总是天地间一般人，当一般爱惜，不可使吾儿凌虐他。凡鱼飧⑭果饼，宜均分散给，大家欢嬉跳跃。若吾儿坐食好物，令家人子远立而望，不得一沾唇齿；其父母见而怜之，无可如何，呼之使去，岂非割心剜肉乎！

夫读书中举中进士作官，此是小事，第一要明理，做个好人。可将此书读与郭嫂、饶嫂听，使二妇人知爱子之道在此不在彼也。

【书后又一张】

所云不得笼中养鸟，而予又未尝不爱鸟，但养之有道耳。欲养鸟莫如多种树，使绕屋数百株，扶疏茂密，为鸟国鸟家。将旦时，睡梦初醒，尚展转在被，听一片啁啾，如《云门》《咸池》⑮之奏；及披衣而起，颒面⑯漱口啜茗⑰，见其扬翚振彩⑱，倏往倏来⑲，目不暇给⑳，固非一笼一羽之乐而已。大率㉑平生乐处，欲以天地为囿，江汉为池㉒，各适其天，斯为大快。比之盆鱼笼鸟，其巨细㉓仁忍何如也！

【注释】

① 潍县：今山东潍坊市。

② 舍弟墨：作者的堂弟郑墨。

③ 顽耍：就是游戏的意思。

④ 悱恻：指内心悲悯伤痛。

⑤　刻急：操急苛刻。

⑥　屈物之性：屈抑物的本性。

⑦　劬劳：劬，有劳的意思。

⑧　五行：指水、火、木、金、土。

⑨　氤氲：天地合气的意思。

⑩　虺：毒蛇。

⑪　长：增长。

⑫　驱：除。

⑬　犹子：侄儿。

⑭　飧：煮熟的食物。

⑮　《云门》《咸池》：传说都是黄帝所制作的音乐。

⑯　颒面：洗脸。

⑰　啜茗：啜，饮茶。

⑱　扬翚振彩：是说雉鸟们挥动着五光十色的彩羽。翚，称五彩具备的雉类。

⑲　倏往倏来：忽往忽来。

⑳　目不暇给：眼睛来不及全看。

㉑　大率：大抵，大都。

㉒　以天地为囿，江汉为池：把天地当作园囿（养禽兽的地方），把长江、汉水当作水池（养鱼的地方）。

㉓　巨细：大小。

【说明】

我们读书，尚友古人，意在亲炙其神理，否则，但靠耳食，容易偏执一端，失其大体。

传说郑板桥诗、书、画三绝，读了他的全集，才知道家书更绝。板桥列名"扬州八怪"，传说他们一个比一个怪；读了家书，才知道他是那么平凡，就好像生活在我们左右的平常百姓。传说板桥装糊涂，偏狂骂世；读了家书，才知道他真是内行醇谨，老成而忠厚。只记得小时候，传唱板桥的道情小唱，教人青山绿水好逍遥；读了家书，才知道他关心民瘼，不能放怀。

板桥的家书仅得十六通，可是十六通展现出来的却是真挚可感的"民胞物与"的胸怀。自然胜于勉强，伟大来自平凡，板桥此通短简，句句流露出他的真性情，多么真切感人。

谁人不记得童年的欢笑？上山、下海，顶着烈日，冒着风雨，将那天上飞逐的蜻蜓，树上叫的知了，水中游的蝌蚪，地上爬的螃蟹，土里、泥里躲的蟋蟀、泥鳅……一一化成掌中玩物，然后摧拉打击，眼睁睁看它死去，然后叫嚣称快！与群童追打过街老鼠、窜逆蛇蝎，乱棒齐下，众石合攻，顿时血溅肉飞，一片模糊。而对付墙脚的蚁穴，树上的蜂窝，就会来一次水淹金山，火烧红莲，瞬息间，冲蚁焚蜂无数。想想，有多少小生命在我们手中死去？又有多少父母能不为了愉悦自己的子女而予以禁止，教导他们戒杀、护生的呢？

儒家提倡博爱，如孟子教人"仁民而爱物"；佛家大慈大悲，极力地劝导人护生、放生。因为万物本因缘和合而生。上苍有好生之德，人又是万物之灵，竟不能体悟天心，如此，万物将如何安身托命呢？我们见到的板桥，不仅忠厚存心，知书明理，并请堂弟墨代他教导爱儿珍护生命，且不能独占好物，这种无私的情怀何其伟大。

当然，这一份坦荡无私的爱，必来自他对整个宇宙人生的深切体认；盆鱼笼鸟，并非豢养之道，真正的生趣是以天地为园囿，以江汉为池水，一切的生物都能顺着它本性自然地生长，如此，吾人自能从中啜饮生命芬芳的甘泉，逍遥自在。

【作者简介】

郑燮（1693—1765），字克柔，号板桥，扬州兴化县人。授潍县令。因岁饥为民请命，开仓赈灾，而忤逆大臣，罢归。其为人洒脱，而天性淳厚，诗词兼工；书法疏放挺秀，自成一家；所画兰竹，亦秀逸有致。著有《郑板桥全集》。

潍县署中与舍弟第五书（节录）

郑燮

写字作画是雅事，亦是俗事。大丈夫不能立功天地，字养生民①，而以区区②笔墨供人玩好，非俗事而何？东坡居士③刻刻以天地万物为心，以其余闲作为枯木竹石，不害也。若王摩诘④、赵子昂⑤辈，不过唐、宋间两画师耳！试看其平生诗文，可曾一句道着民间痛痒？设以房、杜、姚、宋⑥在前，韩、范、富、欧阳⑦在后，而以二子厕乎其间⑧，吾不知其居何等而立何地矣！门馆才情，游客伎俩⑨，只合剪树枝、造亭榭⑩、辨古玩、斗茗茶⑪，为扫除小吏作头目而已，何足数哉⑫！何足数哉！愚兄少而无业，长而无成，老而穷窘，不得已亦借此笔墨为糊口⑬觅食之资，其实可羞可贱。愿吾弟发愤自雄，勿蹈乃兄故辙也⑭。古人云："诸葛君⑮真名士。"名士二字，是诸葛才当受得起。近日写字作画，满街都是名士，岂不令诸葛怀羞，高人齿冷？

【注释】

① 字养生民：字就是养的意思，生民指百姓。

② 区区：少或小的意思。

③ 东坡居士：宋朝大文学家苏轼，自号东坡居士，擅长书法、绘画、围棋，并精研佛学，可说是全能之士。

④ 王摩诘：唐朝田园山水诗人王维，字摩诘，世称王右丞，工诗善书，尤以擅画有名，世称他"诗中有画，画中有诗"。

⑤ 赵子昂：宋朝画家。

⑥ 房、杜、姚、宋：房玄龄、杜如晦、姚崇、宋璟都是唐朝贤相。

⑦ 韩、范、富、欧阳：韩琦、范仲淹、富弼、欧阳修都是宋朝贤相。

⑧ 厕乎其间：和上述房、杜等八人并列相比。

⑨ 门馆才情，游客伎俩：指帮闲清客所赖以游食豪门的一点小聪明、小技艺。

⑩ 亭榭：亭台。

⑪ 斗茗茶：比赛茶的好坏。

⑫ 何足数哉：何足数说称道呢！

⑬ 糊口：有勉强以维生的意思。

⑭ 勿蹈乃兄故辙也："乃"有"汝""你"的意思。全句的意思是不要步你哥哥的后尘。

147

⑮　诸葛君：是三国蜀汉的诸葛亮，字孔明。

⑯　齿冷：有讥笑的意思，因为笑必开口，常笑口就常开，牙齿因此而冷，所以叫"齿冷"。

【说明】

"中国人的第一罪恶，就是太文了！"

这是林同济先生在 1942 年一篇题为《论文人》的文章开头的第一句话。他认为两千多年来，由文人把持政治，支配社会的结果，整个民族的思想、意志以至性情、性格，由内到外，由心理到行为，都深刻而普遍地受文人习气的笼罩。那么，中国文人是怎样的人？他有哪些习气呢？林先生从"文"字含义的解析开始，最后归纳出中国文人的特色。他下结论说：

例外不在话下，一般说法，他乃是一位孜孜人事、殷殷仪礼之人。重外表，不免略带浮夸。多花样，口味偏僻复杂。带三分虚伪，握一套具文。做事敷衍，对人装假。一方面懦弱不禁，却看不起有力之徒。一方面高唱德化，斥武事为取祸之阶。生活是脱离现实，论道必尊古拘文。他的处世手段，是以弱取怜；他的求进方法，是谄媚夤缘。临职则文章堂皇，实际上一事莫举。公余或招友宴朋，借诗酒以博雅名。得志时则多不免要倚势舞文，假公行私，有时且不惜文致无辜，排挤同辈。失志时却都会相机抽身世外，唱独善以遂"哀衷"。

这是概括性的论断，以此为镜来观照传统文人是不会太离谱的。读者不必因他专责末流，不及其善而说他偏激。只要确实有此弊端，就值得我们痛定思痛，共除"罪恶"。

"例外"当然很多，但是，你看明末清初，"满街都是名士"，奔走豪门，奉承王公，"剪树枝、造亭榭、辨古玩、斗茗茶"，写字作画，胡诌两句诗，游游山，玩玩水，乱发半披，须眉遍面，喝酒骂座，便翘然自命是挹世翩翩，绝代风流！读者不信，且翻翻《儒林外史》见识见识。郑板桥、吴敬梓和林同济三人的文章，虽然写法不同，但是面对俗弊，内心的沉痛是一致的。

板桥不以写字作画为雅事，以为借此糊口觅食，可羞可贱，这是真心话，绝非矫情。我们再看另一通家书，看他怎么论文人：

我想天地间第一等人，只有农夫，而士为四民之末。农夫上者种地百亩，其次七八十亩，其次五六十亩，皆苦其身，勤其力，耕种收获，以养天下之人。使天下无农夫，举世皆饿死矣。我辈读书人，入则孝，出则弟，守先待后。得志，泽加于民；不得志，则修身见于世。所以又高于农夫一等。今则不然，一捧书本，便想中举、中进士、作官，如何攫取金钱，造大房屋、置多田产。起手便错走了路头，后来越做越坏，总没有个好结果。其不能发达者，乡里作恶，小头锐面，更不可当。夫束修自好者，岂无其人；经济自期，抗怀千古者，亦所在多有。而好人为坏人所累，遂令我辈开不得口；一开口，人便笑曰："汝辈书生，总是会说，他日居官，便不如此说了。"所以忍气吞声，只得捱人笑骂。工人制器利用，贾人搬有运无，皆有便民之处。而士独于民大不便，无怪乎居四民之末也！且求居四民之末而亦不可得也！（《范县署中寄舍弟墨第四书》）

"士"究竟是在农工商之首，或者之末呢？板桥认为看你的居心和作为如何。如果不能"以天地万物为心"，不肯关心"民间痛痒"，品格不高，自然不值挂齿；至于文人无行，欺压良民，那就更令人齿冷。难怪板桥会"好骂人，尤好骂秀才"了。

第五章　日记篇

《游居柿录》①（节选）

袁中道

夜雪小大，时欲登舟至沙市②，竟为雨雪阻。然万竹中雪子敲戞③，铮铮④有声；暗窗红火，任意看数卷书，亦复有少趣。自叹每有欲往，辄复不遂⑤；然流行坎止，任之而已⑥。鲁直⑦所谓"无处不可寄一梦"也。（第三二则）

置酒招贺新舟诸容，鼓吹丝竹合作⑧，溯舟⑨而上，观者如堵墙，水光皓淼⑩，歌声语笑，落波涛间。入暮，黑云四生，复回舟旧处，风雨大作，诸客使星散⑪。是夜，江声如撼。（第三四〇则）

看报，得西洋陪从利玛窦⑫之讣⑬。玛窦从本国航海来，凡四五年始至；初住闽，住吴越，渐通华言及文字。后入都，进自携天主像及自鸣钟于朝，朝廷馆谷之⑭。盖彼国事天，不知佛，行友善，重交道，童真身 [15] 甚多。玛窦善谈论，工著述 [16]，所入甚薄，而常以金赠人，置屋第 [17] 僮仆，甚都 [18]，人疑其有丹方 [19] 若王阳 [20] 也。然窦实多秘术，惜未究。其言：天体若鸡子 [21]，天为青，地为黄，四方上下皆有世界。如上界与下界人足正相邻，盖下界者，如蝇虫倒行屋梁上也。语甚奇，正与《杂华经》 [22] "仰世界，俯世界，侧世界"语相合。窦与缙绅 [23] 往来，中郎衙舍数 [24] 见之，寿仅六十。闻其人童真身也。（第三六一则）

夜六日，忽中郎室中老姬呼予入内云："夜中便三四次皆血，几昏去，得不便则可望话。"予私自哭泣。安慰之，急呼李医至，切脉 [25]，曰脉脱 [26] 矣。予顿足仆地，医曰："勿惊！且试人参汤。"已进参，顷之气喘，自云三分生，七分死矣。已复起便，自云："我略睡睡。"此外绝无一语。遂坐脱 [27] 去，予呼之不醒矣！痛哉！痛哉！一朝遂失仁兄，天地崩裂，以同死为乐，不愿在人世也。予亦自绝于地，久之始苏。强起料理棺木，囊中仅得五十金，稍乞贷当物市棺 [28]。吏部郎之清如此，即予亦不知也；哀痛中即还公安，安慰老父。（第四一一则）

步至江上，望江北白沙千顷若雪。是夜颇不怿 [29]，盖中郎逝后，往时同学号深相知者，皆作白眼按剑 [30] 之语，中夜诵李龙湖 [31] 语云："匹夫无假 [32]，故不能掩其本心 [33]；谭 [34] 道无真，故必欲划其出类 [35]。"真禹鼎秦镜 [36] 也。（第九一三则）

【注释】

① 柿录：柿，削树木之皮也，犹今刨花。此字写法与作水果名的"柿"不同。"柿录"谦称所录皆无用之物，犹今人著述之称"竹头木屑集"也。

② 沙市：地名，又叫沙头市，在湖北省江陵县东南，南隔长江，当水陆的要冲，商旅云集，贸易颇盛。袁中郎在沙市有住宅。

③ 敲戛：敲击。戛，击。

④ 铮铮：金声。

⑤ 辄复不遂：往往又不能成行。辄，每每，常常。遂，成。

⑥ 流行坎止，任之而已：贾谊《鵩鸟赋》："乘流则逝，得坎则止。"坎是水中之洲，指险难之地。船行顺流而下，遇险难就停止前进，顺之而已，不一定非到某地不可。

⑦ 鲁直：宋诗人黄庭坚的字。

⑧ 鼓吹丝竹合作：丝竹，指琴瑟箫笛等乐器。此句指各种乐器合奏交响。

⑨ 溯舟：船只逆水而上。溯，逆流而行。

⑩ 皓淼：皓，光明洁白的样子。淼，水大貌。

⑪ 星散：分散。

⑫ 利玛窦：意大利耶稣会的传教士，明时到我国北京建天主教堂，从事传教，兼通中西文字、天算舆地、医药之学。著译有《乾坤体义》《几何原本》。西法天算传入中国，从他开始。

⑬　讣：去世的消息。

⑭　馆谷之：供他吃住。馆、谷都当动词。

⑮　童真身：处子，没有结婚。

⑯　著述：指写作书籍。

⑰　第：住宅。

⑱　甚都：极为美好。

⑲　丹方：道家炼丹之术，此指丹药。

⑳　王阳：汉朝王吉，字子阳，官至御史大夫。好车马衣服，其自奉非常鲜明，可是为官清廉，既不蓄财，又无金银锦绣之物，天下服其廉，而怪其奢，故俗传王阳能作黄金。

㉑　天体若鸡子：天体，天空星辰总称。鸡子，鸡蛋。

㉒　《杂华经》：佛经名。

㉓　缙绅：做官的人。

㉔　数：屡次。

㉕　切脉：按脉。

㉖　脉脱：脉搏停止跳动。

㉗　坐脱：意指逝世。

㉘　乞贷当物市棺：向人借贷、典当物品换取金钱以购买棺木。

㉙　怿：悦。

㉚　白眼按剑：白眼，表示轻视鄙薄的意思。按剑是一个人在愤怒时所有的动作，有"按剑与对方较量"的意味。

㉛　李龙湖：明人李贽，字卓吾，曾隐居龙湖，故云。

③② 匹夫无假：匹夫，没有学识智谋的人。无假，纯然没有矫饰的心。

③③ 掩其本心：掩盖他的本性。

③④ 谭：谈。

③⑤ 划其出类：将出类拔萃、与众不同的人除去。划，有削、平的意思。

③⑥ 禹鼎秦镜：夏禹之鼎，秦国之金镜，皆至高无上之重器。此处用以比喻李氏之言的可贵，犹今人所谓"金玉良言"是也。

【说明】

《游居柿录》是袁中道所作《珂雪斋外集》的一部分（其余包括《师友见闻语》《柞林记谭》等），后人征引，或称《珂雪斋随笔》，或称《袁小修日记》。于今看来，此书虽然不取日记之名，但是作意和形式都是日记体，是作者从明神宗万历三十六年到四十六年（1608 — 1618）的日记，大部分不记月日，也没有逐日记载，但是依照时间顺序编次，部分标明日期，可说是比较自由的写作。其中记载作者游山玩水，与朋友饮宴，或闲居独处，读书观画的所思所感，是具体了解晚明文人生活的一部好书。尤其因为作者是公安派三袁之末，他所叙述的袁氏兄弟与朋友往来论学的情形，便成为研究明代文学不可或缺的史料。

此处节选五则：（则数悉依 1956 年台北书局影印 1936 年大蹉跎生序本）前两则写游宴，第三则记利玛窦事，四、五两则述袁中郎之死及作者的感慨。

袁中道的文笔简洁明净，寥寥数语，写景述情，宛然在目：夜雪敲戛，铮铮声响，暗窗红火，任意观书，呈现的是独处静趣；鼓吹丝竹，歌声语笑，风雨波涛，江声如撼，则在洋溢闹境群欢。日记中，记游写景的文字最多，皆有可观。

写利玛窦事迹的一段文字，透露出十六七世纪西方传教士东来时，明末读书人与其交往的态度和有趣的观点。据袁中道的叙述，可知时人对利玛窦的言行都以异样眼光看待，甚至怀疑他有秘术。而一个男人可以终身不娶，保持童真，大概对于纵情声色世界中的文人来说，是最不可思议的，所以短文中两处标明。至于对"天体若鸡子"的说法表示新奇和随便的附会，显得无知而可笑。但是，在这一段文字背后，有很严肃的意义，值得我们正视。

从中国科技史的观点看来，明朝末年西学的输入，是值得大书特书的一件事情。利玛窦、艾儒略、汤若望等耶稣会传教士，学识品格都很好，又能迎合中国风习，所以能够在士大夫间活动，取得名流的信仰。从李卓吾、袁中郎、袁小修、谭元春，以至于徐光启、李之藻、杨廷筠等人都诚恳接待利玛窦，使得利氏等人在传教之外，为中国散布了许多科学的种子。明末清初，天文历算、舆地、音韵以至物理、水利等等都有可观的成绩。明末文人这种接纳新思想的心态，是非常正确的。可惜，清朝雍正皇帝扼杀了这股潮流，从此闭关两百年，使得科技远落人后，使帝国主义获得可乘之机，造成中国近代悲惨屈辱的历史。痛定思痛，我们不能不对晚明文人的心灵重新认识，重新评估。

最后，让我们看看袁中郎的死。

历史上对文学家的死亡的记录都非常简单，有一些传述较多如李白醉酒捞月，溺毙水中；杜甫逢饥，饱哕而死……这些传说又纯属子虚乌有。《游居柿录》详细记载袁中郎病死前后情形，兄弟情谊，自然流露，真挚感人，这是中国文学史上少有的文献。

《柿录》从万历三十八年八月二十二日，"中郎火病渐加"，到九月初六日，是逐日记载病情。我们看到小修面对亦兄亦友的中郎的病况，极度关切焦虑，对中郎的死，则天崩地裂，不胜悲痛。以下再引两段文字以见中郎兄弟在死生之际，魂梦牵萦的情形：

> 是夜梦丘长孺来，相视而哭曰："予无所依矣！"醒时犹泪涔涔也。（八月二十三日）

> （中郎）夜半忽呼予入房，已惊曰："弟何由入此？"盖梦中呼予也。予复出，觉神明渐乱，私自涕泣云。（八月二十七日）

这些文字都是实录，平铺直叙，却又惊心动魄，令人低回久之，不能自已。

甲行日注（节选）

叶绍袁

（乙酉①八月）二十七日丙午，雨。晓起理装。家人辈至庵中拜别。余曰："此行也，若幸中兴②有期，则归来相见亦有日；不然，从此永诀矣。两幼主室家之好③未完（倌、俤④未婚），岂不痛心！然留之事房⑤必不可，我亦无可奈何耳！三孙不及见其长大，幸为我善视之。踞湖山先陇松楸⑥，幸念之毋忘。闻房令，遁不降者，籍入⑦。不腆⑧数亩，与环堵之室⑨，不暇计矣。顾⑩夫人公子，向⑪受钱唐公之托，今亦有愧九原⑫，当令善返昆山耳。诸妇女可寄西方尼庵。汝辈但为谋其糊口者，俾无冻馁以死，感且不朽。"家人皆伏地哭，余亦泣。登舟，二兄幼舆、叔秀俟来送。侄孙舒胤亦来，时年十五，泪潸潸⑬不止矣。既发，冒雨至栖真寺即香上人简庵。夜，可生上人为祝发⑭焉。即此后或有黄冠故乡⑮之思，但恐彭泽田园，门非五柳⑯；辽东归鹤，华表无依耳⑰！

（丙戌三月）初十日丁巳，晴。初闻黄鹂声，犹忆离家日听雁声也。物换星移^⑱，动人感深矣！

十四日辛酉，晴。访匪石、初旭、吴若英。见三四女子，少艾鲜衣^⑲，采桑陌^⑳上。忽睹太平景色，倍生感叹！

（九月）初九日壬子，大风雨，冷。去秋在一华庵，如晦不已^㉑，今昔似之。然昔坐雨窗下，探新橘，供酒，看远山云雾；今漂摇子处^㉒（四子两子奉慈^㉓、两在天井），西风片片，吹雨敲纸窗，但听松涛声，在屋顶上，如千斛蟹、汤渵（jiān）沸^㉔。羁怀旅况，一往而深。

（十一月）二十八日庚午，晴。侄孙学山来，言吾邑宴虏令之盛，笾豆肴核^㉕，费至三十余金。倍席赍从^㉖，伶人乐伎，华灯旨醴^㉗，俱不在内也。不知虞悰^㉘食疏中所载何物，耗金钱乃尔。国破民痍^㉙之日，为此滥觞^㉚，贡媚腼肭^㉛，损俭约之风犹小，丧名义之防实大。余岂敢歌《相鼠》之章^㉜，以伤友道，不能不为君国心恫^㉝耳。"每有良朋，烝也无戎^㉞。"我其诵此愧矣！因作一绝云："买宴春宵列锦屏，缗钱^㉟二十万余增。降奴此夜千珍错^㊱，若个簞醪上孝陵^㊲。"闻之有不泣下数行者乎！

（十二月）十三日乙酉，晴，风冷。佰、侄晨往青芝山，日晚未归，至门外望之，条瘁无黄^㊳，草衰空白，山烟催暝，昏鸦啼宿，悄尔^㊴生愁，伤怀不能已也。

（丁亥二月）二十七日戊戌，晴，暖甚。与偔、倕往青芝山，又同仲日至茂申处，出酒佐谈，云：闽中之变^㊵，闻曹能始^㊶先生死之。又王先声^㊷殉难，太末郡一小史，方垂发^㊸甚美，以六金馈房，求收葬先声，房不许，而又悦其貌也，留为役，小史遂自经^㊹死。失其姓名，惜哉！归繇圣恩寺至田庄，桃花数十树盛开，遥望如霞。逾黄泥岭出破屋，雨霏霏下，及天井大雨，衣履俱湿，踉跄抵茗香，暗矣！

（十二月）初九日乙亥，晴。偉就医邓尉，二十余日矣，杳无消息来，故偔、倕往视之。先至溪，拉侗偕去。晚间枯林戢响^㊺，斜月皎幽，东窗对影，一樽黯绝，颜子之乐，自在箪瓢^㊻，予不堪忧者，家国殄瘁^㊼，岂能忘心？李陵^㊽所云：胡笳互动，边声四起。独坐听之，不觉泪下。

【注释】

① 乙酉：清世祖顺治二年（1645）。明崇祯皇帝已于前一年（甲申）自缢煤山。

② 中兴：指朝代既衰而复兴。

③ 室家之好：室家指夫妇。室家之好有男女成婚的意思。

④ 倌、倕：均作者之子。

⑤ 事虏：虏，指满人。事虏，指事奉满人，为其做事。

⑥ 先陇松楸：陇，通"垄"。松楸，指墓地所种的树木，因用作坟墓的代名词。

⑦ 遁不降者，籍入：逃亡而不投降的人，尽抄他的所有财产以充公。

⑧ 不腴：不丰厚。腴，指土地肥沃。

⑨ 环堵之室：犹言四壁。

⑩ 顾：只是。

⑪ 向：先前。

⑫ 九原：指坟墓，也叫九泉。

⑬ 泪潸潸：潸，泪流不止的样子。

⑭ 祝发：断发。

⑮ 黄冠故乡：杜甫《遣兴》诗："上疏乞骸骨，黄冠归故乡。"黄冠指草制衣服，农夫所穿者。

⑯ 但恐彭泽田园，门非五柳：喻即使能重返家园，但景物必已面目全非。晋陶潜曾为彭泽县令，因不愿为五斗米折腰，拳拳事乡里小人（指督邮），辞职返乡。因家前植了五棵柳树，故以五柳先生为号。

⑰ 辽东归鹤，华表无依耳：汉朝丁令威，本辽东人，在外学道，后化为鹤，飞返辽东，停在城门华表柱上，被一少年看见，举弓欲射之，鹤乃飞，徘徊空中，而有"城郭如故人民非"的感

叹，后乃冲天飞去。

⑱ 物换星移：指时世景物的变更。唐王勃文："物换星移几度秋。"

⑲ 少艾鲜衣：少艾，指年少貌美的女子。鲜衣，鲜丽的衣服。

⑳ 陌：田间的路。

㉑ 如晦不已：指天色昏暗，风雨不停。

㉒ 漂摇孑处：漂泊不定，孑然独居。

㉓ 奉慈：事奉母亲。

㉔ 如千斛蟹、汤湔沸：喻松涛声势之壮。斛，十斗为一斛。

㉕ 笾豆肴核：笾、豆系指食器。肴核指菜肴果子。

㉖ 倍席赘从：倍席，指宴席之铺张。赘从指随身仆从。

㉗ 华灯旨醴：旨，美味，醴，甜酒。

㉘ 虞悰：南齐余姚人，字景豫。

㉙ 痍：创伤。

㉚ 滥觞：作为先例。

㉛ 贡媚腽肭：腽肭，海兽，头似狗，毛皮柔软，可制裯褥。向敌人奉献腽肭，以讨好对方。

㉜ 《相鼠》之章：《诗经·鄘风》篇名，讽刺在位者之无礼义。录其一章云："相鼠有体，人而无礼。人而无礼，胡不遄死。"相，视也。遄，速也。

㉝ 恫：恐吓。

㉞ 每有良朋，烝也无戎：《诗经·小雅·常棣》诗句。烝，

163

久也，戎，助也。

㉟　缗钱：缗，钱贯。

㊱　珍错：指山珍海错。

㊲　若个簞醪上孝陵：若个，哪个。醪，酒也。簞，一樽，一杯。孝陵，明太祖坟墓，在南京钟山之南。此句说：有哪个人肯备个素酒淡菜上孝陵去祭祀明太祖呢？

㊳　条瘁无黄：瘁，病也。树枝枯落或变黄。

㊴　悄尔：悄然，心忧的样子。

㊵　闽中之变：乙酉年（1645），清兵攻入福建，南明之福王南逃。

㊶　曹能始：曹学佺，字能始，福建侯官人，明亡后自缢殉国。

㊷　王先声：生平不详。

㊸　垂发：古时童子不束发，因此叫童子为垂发或垂髫。

㊹　自经：自缢。

㊺　戢响：戢，敛也，止也。戢响，就是没有声音。

㊻　颜子之乐，自在簞瓢：孔子曾赞颜回安贫乐道，说他"一簞食，一瓢饮，在陋巷，人不堪其忧，回也不改其乐"。簞，饭篮；瓢，舀水的用具。颜回家境穷困，平日吃的只有一篮白饭，喝的只是一瓢清汤，但他却安然处之，不改其安贫乐道。

㊼　殄瘁：困穷。

㊽　李陵：汉成纪人，李广之孙。善骑射，武帝时拜骑都尉，自请将步骑五千，伐匈奴，以少击众，遇敌力战，矢尽而降，单

于立为右校王。

【说明】

明朝崇祯十七年，甲申，1644 年，李自成攻进北京城，思宗自缢于煤山，而使天地撼动，山河崩裂，流寇与清兵，铁蹄遍踏，血腥处处。一时间，繁华化为灰烬，哀号取代欢笑，无辜百姓仓皇鼠窜，风流文士惊愕一梦。于是，荒烟野地，蒺藜丛中，聊且度此残生；黍离麦秀，悲悔交集，则抑郁难遣。所谓"遗民文学"，就是幸免一死的明朝遗民的亡国哀音。

叶绍袁的《甲行日注》是明朝遗民文学之一。

叶绍袁是苏州府吴江县汾湖人，明朝万历十七年（1589）出生于地方上的望族。十五岁成秀才，即颇具文名，十七岁，与苏州名门之女沈宛君结婚。沈宛君貌美能诗，才子佳人，琴瑟异常和谐。

婚后二十二年间，共育有八男五女，其中除一男一女夭折以外，其余诸人皆才貌双全。

叶氏虽有文才，但是考运不佳，天启四年（1624）以三十六岁的年龄，考中举人，翌年，进士及第。三十九岁以后，历任南京武学教授、北京国子监助教、工部虞衡司主事，崇祯三年（1630）以北京朝阳门城守之任，辞职返乡。

叶氏任官期间，明政已极度腐败，朝中阉宦掌握权柄。面对虎视眈眈、窥伺于边境的满洲大军，朝廷不得不年年大增军费，而压迫人民缴纳重税。结果农村凋敝，崇祯元年，陕西地方大饥荒，引发了全国各地的农民起义。

内忧外患，使得京城骚动，蜚短流长，人人自危。叶绍袁乃决心归回乡里，虽处贫困，犹得与一家妻小吟咏为乐。一家大小，人人能诗能文，而长女纨纨（字昭齐）、三女小鸾（字琼章）兼善戏曲，是文学史上有名的天才少女。他们一家的作品，后来集结为《午梦堂集》，这是文学史上难得其匹的文学家庭，为古今人士所艳羡赞叹。

可是，辞官后两年，掌上明珠一般的叶小鸾即以十七岁的年龄不幸去世，接着纨纨亦死。崇祯八年，二男世偁及老母相继死亡，爱妻沈宛君也跟着与世长辞。一连串的死亡打击，叶绍袁万念俱灰，决心舍世，乃号为天寥道人。

明朝灭亡，叶氏时年五十六。翌年乙酉（1645），清兵入苏州，亲戚中有人起义兵抗拒，许多人因此殉国。七月二十日，义军大败，清兵纷纷南下，发布剃发令，不剃发则剃头，逼迫甚严。八月二十五日，叶绍袁乃决意与几个儿子一起遁世为僧。

《甲行日注》就是从八月二十五日开始记载，一直写到清顺治五年（1648）九月二十五日，死前不久为止，总共三年零一个月间的流亡日记。命名为《甲行日注》的理由，可能是二十五日为甲辰日，而屈原所作《哀郢》记其辞别郢都，有"甲之朝吾以行"的句子，叶氏即以"甲行"自况，表示辞国别乡的恋恋不舍。

《甲行日注》共有八卷，各卷署名不一，如卷一署"华桐流衲木拂"，卷二署"雨山游衲木拂"，卷三、卷四署"一字浮衲木拂"，卷五署"茗香客衲木拂"，卷六至卷八署"松云巢衲木拂"。木拂为其僧号；而流衲、游衲、浮衲等都表示他的漂泊无依。

亡国之子民，如落叶败絮，任风吹送，随时还要担惊怕险，所以《甲行日注》全书读来阴郁不展，一花一草，都足以动人哀思。叶绍袁眼睁睁地看着鼎革之际，世情的炎凉，或者为国殉难，正气可歌可泣；或者屈节从虏，邪行令人愤怒。他为时代的动荡留下了一部活生生的见证，也给予后人深刻警醒的借镜。

第六章　游记篇

雨后游六桥①记

袁宏道

寒食②后雨。余曰："此雨为西湖洗红③，当急与桃花作别，勿滞④也。"

午霁⑤，偕诸友至第三桥⑥。落花积地寸余，游人少，翻以为快。忽骑者白纨⑦而过，光晃⑧衣，鲜丽倍常，诸友白其内者皆去表⑨。

少倦，卧地上饮。以面受花，多者浮⑩，少者歌，以为乐。偶艇子出花间，呼之，乃寺僧载茶来者，各啜⑪一杯，荡舟浩歌⑫而返。

【注释】

①　六桥：杭州西湖的苏堤上有六座桥，分别是：映波、锁澜、望山、压堤、东浦、跨虹。

②　寒食：节名，在清明节前二日，禁火冷食。

③　红：指花。

④ 勿滞：不要迟留。

⑤ 霁：雨停。

⑥ 第三桥：就是望山桥，在苏堤上，在此地可望花家、丁家二山，桃花盛时，红锦如霞。

⑦ 纨：轻细的熟绢。

⑧ 晃：强光耀人眼睛叫晃。

⑨ 白其内者皆去表：内着白衣的人，都脱去外面的衣服。表，外衣。

⑩ 浮：罚，指罚酒。

⑪ 啜：有尝、饮的意思。

⑫ 浩歌：大声歌唱。

【说明】

袁中郎"独抒性灵，不拘格套"的文学观，除了书简以外，游记是发挥得最透彻的代表作。

从形式看来，袁中郎的游记长短不拘，的确是信意挥洒之作，如下面两则例子：

石在天目山半，静而听之，中有流水声，韵致清远，名响水石。石高二丈余，广倍之，色冶而骨道，可补石谱之阙。(《听响水石记》)

百花洲在胥盘二门之间，余一夕从盘门出，道逢江进之，问："百花洲花盛开否？盍往观之？"余曰："无他物，惟有二三十粪艘，鳞次绮错，氤氲数里而已矣。"进之大笑而别。（《百花洲》）

《听响水石记》不过寥寥数句，可是已将一块异石的所在、形态、特色等清楚写出，意尽辄止，绝无赘笔，毫不做作。《百花洲》则完全是煞风景之作，一般人绝对不敢这样写。从来以为写名胜，总应刻画其地的一花一草，一山一水，要将其地景观特色呈现给读者，以资导游，共赏胜境。但是，我们每个人多少都有败兴的经验，美常常是要隔一层距离的，太近了，丑恶的一面掩藏不住，就会大大破坏美好的印象。中郎记载百花洲，不写百花盛开的情形，却夸张地突出他个人所遇到的丑恶经验，正是谑而不虐的态度，读者大概不会骂他缺德而哑然一笑吧。

整体看来，中郎的游记是水彩画，蘸一点颜料，几笔勾勒，就成为一幅鲜活欲滴、朗朗在目的景象。而画幅中总有几个人物徜徉其间，都是笑语盈盈，笑容可掬。例如这一幅雨后游六桥的景，便是在水分潋郁的布幅上，用桃红颜色挥洒，再在上头染数笔白色，便成亮丽耀眼的杰作了。而画中的人物，或站或卧，或歌或饮，陶醉其间，多么自然和谐。

中郎的出游与别人不同，他不像现代人赶花季上阳明山。百花盛开，固然姹紫嫣红，构成美丽世界，但是，可怕的人潮却足以掩盖花海，让你只觉人喧，不知鸟语；只闻汗臭，不知花香。

所以，中郎和他的朋友特别选在游湖的季节已过，寒食雨停的时节，去和桃花作别。

在这样的时刻游西湖，看到桃红遍地，即使不学林黛玉徒兴身世之悲，荷锄葬花，一般人总也不免为眼前萧疏的景象，意兴阑珊。执笔为文，总要为美景易失浩叹几句。中郎此记绝不落入此等俗套与滥情，我们所看到的是：少了凑热闹的游客，他们更能够全心观赏雨后残红的美，更能将己身融入景物中。所以，当有人骑马经过，白色的纨衣，在遍地桃红衬托下，倍觉鲜丽夺目，众人不自觉地都将外衣脱掉，让里面白色的衣服暴露在外，一起将整个湖光山色装点得更加明艳可人。

境由心造，不以残红扫兴，反而以面受花，和大自然做最亲密、最温柔的接触，真是何等快意！所以，喝酒吃茶，都觉美好；荡舟浩歌，都足以咏怀。悠悠人生，欣何如之！

初至天目^①双清庄记

袁宏道

数日阴雨，苦甚。至双清庄，天稍霁。

庄在山脚，诸僧留宿庄中。僧房甚精^②，溪流激石作声，彻夜^③到枕上。石篑梦中误以为雨，愁极，遂不能寐。

次早山僧供茗糜^④，邀石篑起。石篑叹曰："暴雨如此，将安归乎？有卧游耳。"僧曰："天已晴，风日甚美，响者乃溪声，非雨声也。"

石篑大笑，急披衣起，啜^⑤茗数碗，即同行。

【注释】

① 天目：山名，在浙江杭州临安区西北。

② 精：精洁。

③ 彻夜：整夜。

④ 茗糜：茗，茶。糜，稀饭。

⑤ 啜：喝。

【说明】

作家写游记总要描摹名山胜水：作者将自己足履所到的地方，透过文字的刻画，使读者仿佛身临其景，以兴起游访之意。虽然，在客观的写景之外，游记常常不免有作者主观情绪的渲染。太过客观，便成旅游手册的文字，毫无人情味；太过主观，又容易喧宾夺主，成为纯抒情之作。只有一流的游记才能折中于写景与抒情之间，使读者不仅与作者同游历，还能够与作者同悲喜。

袁中郎的游记不是纯客观的写景之作，他的大部分作品都是其中有人，穿梭活跃，把景物给人的感觉更鲜明地传达出来。本篇就是很好的例子。

本篇写双清庄所在环境之清幽安静，完全用反面的写法：不说它静，却说它"吵"。"溪流激石作声，彻夜到枕上。"只有两句，却非常有力，将那水声漫天盖地，直侵入耳，喧聒不停的情景，写得相当逼真。让溪声独霸，就更显出众籁俱寂，庄舍也更显得清静宜人。

中郎及其朋友陶石篑，大概都和你我一样，被市嚣吓怕了，得空总想找个地方清静清静。没想到，人世的嘈杂使我们的耳朵不灵，使我们无法清晰地把握大自然各种不同的声籁。溪石的交响曲，被误作连夜豪雨，不仅一夜无眠，还将游兴大大折煞！幸好寺僧识趣，他知道尘俗人总是溪声、雨声不分，所以即时一语，点醒梦中人!

"石篑大笑",我们也大笑。这一豁然开悟,使石篑难以忘怀双清,使我们难以忘记中郎这一篇游记。

从这一篇游记,我们看到石篑由愁而叹而大笑,我们也看到山僧的和蔼亲切,可是,同行的中郎呢?他叙述了这一切,而他本人又作何感想呢?其实,文中的作者虽然隐藏起来,却也是和石篑一般,彻夜不眠,一样的愁叹,一样的大笑,恐怕一直到作此文时都还在捧腹呢!

鉴湖

袁宏道

鉴湖①昔闻八百里，今无所谓湖者，土人②云："旧时湖在田上，今作海闸③，湖尽为田矣。"

贺监池④去陶家堰二三里，阔可百十顷。荒草绵茫如烟，蛙吹⑤如哭，月夜泛舟⑥于此，甚觉凄凉。

醉中谓石篑⑦："尔狂不如季真⑧，饮酒不如季真，独两眼差同耳。"石篑问故。余曰："季真识谪仙人⑨，尔识袁中郎，眼诣不高与⑩？"四座嘿然⑪，心诽其颠。⑫

【注释】

① 鉴湖：在浙江绍兴市南，又叫镜湖、太湖。

② 土人：本地人。

③ 闸：按时启闭的水门。

④ 贺监池：即鉴湖。唐开元间，秘书监贺知章，求以湖为

放生池，诏赐镜湖一曲，因亦名贺监湖。

⑤　吹：鸣。

⑥　泛舟：乘船。

⑦　石篑：即陶望龄，袁宏道至友。

⑧　季真：唐贺知章，字季真，工文辞。玄宗时，授秘书监，自号秘书外监，世称贺监，晚节诞放，号四明狂客。

⑨　谪仙人：指李白。李白于唐天宝初至长安，贺知章见其文，叹为天上谪仙，荐于玄宗，召为翰林供奉。

⑩　眼讵不高与：眼光难道不算高吗？讵，岂。与，通"欤"。

⑪　嘿然：无语貌。

⑫　心诽其颠：诽，非议。颠，癫狂。

【说明】

唐朝柳宗元的游记，是文学史上极出名的作品，尤其《永州八记》，更是游记文学的代表作。将袁中郎的作品与之比较，两人都能够在描摹景象中，将个人的感情传述出来。可是，取景的角度和描摹的手法，两人完全不同；而感情的内容及抒情的笔调，也完全异趣。

前篇我们曾说中郎的游记是将主观摄取的印象，轻描淡写，烘染成水彩画；柳宗元则有意客观，细致刻画一景一物，对方位和大小等，都交代得清清楚楚，浓彩布满整个画幅，类似油画。中郎的色彩是亮丽的、流动的；柳宗元的，则是浓郁的，甚至于阳光、溪水也都是寒冷的色调。

画中的人物，在柳宗元的画幅里是隐而不显的，袁中郎则着色较多，有时甚至成为画的主题，音容笑貌都呼之欲出。更有趣的是：游山虽然都有伴侣，柳宗元几乎不提他们，结果只剩他一个人默默无语，踽（jǔ）踽独行；袁中郎固然以自己为主角，他还将同游的朋友，甚至于山僧渔樵等的动静语默写出，那是一群可爱的充满欢笑的观光团。

游记整体给人的印象：宗元冷，而中郎热。宗元的景象天高气迥，苍莽阴森，使人神情内敛，抑郁沉思；中郎的花草泉石林木山水则多可亲可爱，令人狎玩。他的世界是开朗的，没有拘束的，在其中，可以自由徜徉，嬉笑戏谑，在所不禁，那是我们的大自然的"家"。即使"家"有时不免沧桑之变，只要我心长存暖意，也可以在凄凉中感受温馨。

《鉴湖》就是一幅凄凉中有温馨的杰作。

鉴湖虽称"湖"，但是由唐至明，八百多年的变化，真是沧海变桑田矣！眼前的情形是"荒草绵茫如烟，蛙吹如哭"，哭向历史，向月夜凄凉。游人至此，情何以堪！

中郎喝醉了，醉中模糊了人世兴衰，醉中混同了古今人我。昔时鉴湖仍然汪汪的盛唐，大诗人李白，幸好有个贺监，知他为谪仙，可以稍解寂寞，同领酖酊；吾生在世，同游同醉，幸好有个陶石篑，慰我情怀。"我是谪仙，你为季真，同临鉴湖，同感古今！"

这样的心情，如此的狂言，除了石篑也许心领之外，在座众人，有谁解得？表面默然相觑，内心定骂我癫狂。哈！哈！酒后谈吐，是真言？是乱语？各自解去！

西湖七月半

张岱

西湖七月半，一无可看，止可看看七月半之人。

看七月半之人，以五类看之：其一楼船箫鼓，峨冠[①]盛筵，灯火优傒[②]，声光相乱，名为看月而实不见月者，看之。其一亦船亦楼，名娃闺秀[③]，携及童娈[④]，笑啼杂之；遂坐露台，左右盼望，身在月下而实不看月者，看之。其一亦船亦声歌，名妓闲僧，浅斟[⑤]低唱，弱管轻丝[⑥]，竹肉[⑦]相发，亦在月下，亦看月而欲人看其看月者，看之。其一不舟不车，不衫不帻[⑧]，酒醉饭饱，呼群三五，跻[⑨]入人丛，昭庆断桥，嚣呼嘈杂；装假醉，唱无腔曲，月亦看，看月者亦看，不看月者亦看，而实无一看者，看之。其一小船轻幌，净几暖炉，茶铛旋煮[⑩]，素瓷静递，好友佳人，邀月同坐；或匿影树下，或逃嚣里湖，看月而人不见其看月之态，亦不作意看月者，看之。

杭人游湖，巳出西归[⑪]，避月如仇，是夕好名，逐队[⑫]争出，

180

多犒门军酒钱，轿夫擎燎⑬，列俟岸上⑭，一入舟，速⑮舟子急放断桥，赶入胜会。以故二鼓以前，人声鼓吹，如沸如撼，如魇如呓⑯，如聋如哑。大船小船，一齐凑岸，一无所见，止见篙⑰击篙，舟触舟，肩摩肩，面看面而已。少刻兴尽，官府席散，皂隶⑱喝道去，轿夫叫，船上人怖以关门，灯笼火把如列星，一一簇拥而去；岸上人亦逐队赶门，渐稀渐薄，顷刻散尽矣。

吾辈始舣舟⑲近岸，断桥石磴⑳始凉，席其上，呼客纵饮；此时月如镜新磨，山复整妆，湖复颒面㉑，向之浅斟低唱者出，匿影树下者亦出，吾辈往通声气㉒，拉与同坐。韵友㉓来，名妓至，杯箸安㉔，竹肉发。月色苍凉，东方将白，客方散去。吾辈纵舟，酣睡于十里荷花之中，香气拍人，清梦甚惬。

【注释】

① 峨冠：高冠，指士大夫。峨，高。

② 优偬：优，是俳优。偬，同奚，女奴。

③ 名娃闺秀：娃，美女。闺秀，指妇女，意谓闺房之秀。

④ 童娈：娈，美好的童子。

⑤ 浅斟：慢慢地喝酒。斟，酌酒。

⑥ 弱管轻丝：管，指箫管。丝，指琴瑟。

⑦ 竹肉：竹，箫管。肉，歌喉。

⑧ 不衫不帻：帻，裹发的头巾。意指穿戴随便。

⑨ 跻：登，升。

⑩ 茶铛旋煮：指茶水很快就煮好了。铛，锅。旋，一会儿，不久。

⑪ 巳出酉归：巳和酉都是时辰名。巳时相当于午前九时、十时；酉时则是午后五时、六时。此句说杭人游湖，平时都在白天时间内。

⑫ 逐队：随众同行。

⑬ 擎燎：高举火把。擎，高举。燎，火把。

⑭ 列俟岸上：在岸上排列等候。

⑮ 速：召。

⑯ 如魇如呓：魇，梦中惊怖。呓，说梦话。

⑰ 篙：撑船竿。

⑱ 皂隶：衙署执役的人。

⑲ 舣舟：附船着岸。

⑳ 磴：山岩上的石级。

㉑ 颒面：洗脸。

㉒ 往通声气：前往招呼互通消息。

㉓ 韵友：有雅兴的朋友。

㉔ 杯箸安：将酒杯筷子安置妥当。箸，筷子。

【说明】

晚明小品文从风格上看来，可以分成两大派别，一是"三袁"所代表的公安派，他们本着自由、平易和通俗的精神写作清新流利的文章，好处是亲切自然，可是一味地通俗戏谑，就不免于粗俗和轻佻的毛病。因此产生以钟惺和谭元春为代表的竟陵派，为了矫正俗和谑的弊端，他们提倡幽深孤峭的风格，用比较艰深的文字，比较特殊的修辞技巧，期使文章隽永耐读。我们选一段被喻为竟陵派代表作的《帝京景物略》的自序作例子：

都应垣也，燕之应极，垣有三焉，极一而已矣。日东出，躔（chán）十有二；极北居，指十有二。以柄天下之魁杓。天险设于坎，地势厚于坤，皇建而人民会归于极。有进矣。

帝北宅南向，威夷福夏，玉食航焉。盖用西北之劲，制东南之饶；亦用东南之饶，制西北之劲。饶劲各驭，势长在我。若欲饶其所劲，劲其所饶，则不识先皇之远算矣。又进矣。

燕云割而中华蹙，岭可界也，界之；河可界也，界之；江可界也，界之。岂无远猷，川邍阻修，科堕从枝，弓挠于翰（qiú）尔。中宅天下，不若虎视天下；虎视天下，不若挈天下为瓶而身抵其口。雒不如关，关不如蓟。守雒以天下，守关以关，守天下必以蓟。

这一段文字说明国都设于燕（北平）的理由。用了几个艰深的字（如"邍"，通"原"）。常字则用法特殊（如"燕"字，作动词用，安也）；造句法也不合乎常轨（如"岭可界也，界之；河可界也，界之；江可界也，界之"）。整段文字显得难读难懂。

183

到了末流，就不免流于肤壳怪僻，聱牙涩口，以至于被反对派骂为妖孽了。

张岱的小品文则兼取公安和竟陵的长处，而又能够摒除公安、竟陵的短处，因此向来被文学史家肯定为晚明小品的代表。我们以《西湖七月半》一文为例。

从修辞观看来，张岱颇能把握中国文字灵动的神髓，他驱遣文字，犹如特技演员之玩弄手上的道具，在旁人看来是处处惊险，在他本人却那么自然流利，毫无造作的痕迹。这样的化境，真是令人看得目瞪口呆，叹为观止。

他写西湖七月半的热闹景象，却一开头就故作惊人之语，说"一无可看"，可是读者循着他的目光，可真令人目不暇拾，心神摇撼。读者不妨数一数，全篇他总共用了多少个"看"字，同一个字眼的一再重复，任何读者都知道那是作文的大忌，可是本篇随着"看"字的出现，我们看到了各色人等的不同眼光和面貌，而随着眼光所及，我们也饱览了西湖七月半的全景。这么短的篇幅，这么惊人的效果，这么履险如夷的技巧，你说骇人不骇人？

为了传递热闹的气氛，他不仅罗列静态的多样的事物和动作，如游人有名娃闺秀、童娈、名妓闲僧、酒人醉客、皂隶轿夫；交通工具有舟车，大船小船；除了月亮普照之外，还有灯笼火把的辉映；丝、竹、管、弦、箫、鼓；声歌吟唱、笑啼叫喝，什么声音都有；跻、簇、赶、逐、触、摩，真是手忙脚乱。此外，张岱有意的安排，使文字也生动起来，热闹起来，如七月半以看月观人为主，作者用了二十五个"看"字，四个"见"字，加上"盼望"两字，确实表达了人们为声光所乱的情形，而"篙击篙，舟触舟，肩摩肩，面看面"与"如沸如撼，如魇如呓，如聋如哑"，相同字眼和句式排列，造成排荡滚动的感觉；"亦船亦楼""亦船亦声歌""不舟不车""不衫不帻"等打破文法习性的浓缩句子，使文气更加敏速快捷。

独特的造词造句、痛快淋漓的刻画，读者是不是跟着闹乱的景象而失其文理呢？不会的。张岱是一个高明的导游，他带你站在高处纵览全景，又帮你在纷乱中整理出秩序来，原来有五类的人供我们观赏，张岱用平板重复的句式——"其一……而……者，看之。"——很轻易就让我们一目了然。然后在喧闹至极，使天地聋哑的时候，张岱用平稳的叙述，道出曲终人散，湖山沉静，而纵舟卧游的清凉境界，吾人也顿时神情舒爽，有一种"痛快"的感觉。

再从游记文学的观点来看。我们前面已经说袁中郎的游记是观光团的旅游报道，其实张岱的游记才真是名副其实的"观光团"。明朝末年的江南，大概类似现在的大都市，住在其中的市民，把游山玩水当作必要的休闲活动，他们即使没有旅行社的组织，但是大家根据旅游手册（《帝京景物略》《蜀中名胜记》《西湖游览志》等就是），三五成群，就近到名胜区去悠游行乐，享受人世的繁华。以这样的背景写作的游记，自然与过去失意文人独自寻幽访胜，以慰藉人世的创伤，然后借以喻志抒怀的游记，大异其趣了。

也许读者看了张岱的游记，会被他所叙述的景象所吸引，可是，如果你知道那是一个亡国之民繁华梦醒、痛定思痛的记录就不免要黯然神伤了。

《西湖七月半》选自张岱的代表作《陶庵梦忆》。《梦忆》自序说：

> 陶庵国破家亡，无所归止，披发入山，骇（同"骇"）骇为野人；故旧见之，如毒药猛兽，愕窒不敢与接……鸡鸣枕上，夜气方回，因想余生平，繁华靡丽，过眼皆空，五十年来，总成一梦。今当黍熟黄粱，车旅蚁穴（以上二语典出唐代传奇《枕中记》和《南柯记》。此处语意，犹如今人所谓"黄粱梦醒"、"南柯一梦"，都是说人间富贵繁华，犹如一梦而已。）当作如何消受！遥思往事，忆即思之，持向佛前，一一忏悔……

因为是忏悔之作，《陶庵梦忆》虽然极写繁华靡丽，但它给人的感觉，就像看烟火，"烟焰蔽天"令"看者耳目攫夺，屡欲狂易"（引文出自《梦忆》中"鲁藩烟火"一文），顷刻间，烟消火尽，天空仍然漆黑一片，观者不免空虚和悲凉的况味。

看完这篇说明，读者请再翻看《西湖七月半》的本文，揣摩作者写作的心情，如果能够在热闹之外，感受那一分难以言说的悲凉，那么，读书就真正得其"味"了！

【作者简介】

张岱（1597 — 1684），字宗子，又字石公，号陶庵，又作蝶庵，浙江山阴人。明亡后鲁王朱以海监国绍兴，岱在朝二三月即谢去。退隐山中，艰苦著述，有《琅嬛文集》《陶庵梦忆》《西湖梦寻》、《石匮书后集》等。

游雁宕山①日记（摘录）

徐弘祖

十四日②。天忽晴朗，乃强清隐③徒为导。清隐谓湖中草满，已成芜田，徒复有他行，但可送至峰顶。余意至顶，湖可坐得④；于是人捉一杖，跻攀深草中，一步一喘；数里，始历高颠。四望白云，迷漫一色，平铺峰下。诸峰朵朵，仅露一顶，日光映之，如冰壶瑶界⑤，不辨海陆，然海中玉环⑥一抹，若可俯而拾也。北瞰山坳⑦壁立，内石笋⑧森森，参差不一；三面翠崖环绕，更胜灵岩⑨；但谷幽境绝，惟闻水声潺潺，莫辨何地。望四面峰峦累累，下伏如丘垤⑩，惟东峰昂然独上，最东之常云⑪，犹堪比肩⑫。

导者告退，指湖在西腋一峰，尚须越三尖⑬，余从之。及越一尖，路已绝；再越一尖，而所登顶已在天半。自念《志》⑭云："宕在山顶，龙湫⑮之水，即自宕来。"今山势渐下，而上湫之涧，却自东高峰发脉，去此已隔二谷，遂返辙⑯而东，望东峰之高者趋之。莲舟⑰疲不能从，由旧路下。余与二奴东越二岭，人迹绝

188

矣。已而山愈高，脊愈狭，两边夹立，如行刀背；又石片棱棱^⑱怒起，每过一脊，即一峭峰，皆从刀剑隙中攀援而上。如是者三，但见境不容足，安能容湖？既而高峰尽处，一石如劈；向^⑲惧石锋撩^⑳人，至是且无锋置足矣。踌躇崖上，不敢复向故道。俯瞰南面石壁下有一级，遂脱奴足布四条，悬崖垂空，先下一奴，余次从之，意可得攀援之路。及下，仅容足，无余地；望岩下斗深百丈，欲谋复上，而上岩亦嵌^㉑空三丈余，不能飞陟^㉒。持布上试，布为突石所勒^㉓，忽中断；复续悬之，竭力腾挽^㉔，得复登上岩出险。还云静庵，日已渐西。主仆衣履俱敝，寻湖之兴衰矣。遂别而下，复至龙湫，则积雨之后，怒涛倾注，变幻极势，轰雷喷雪，大倍于昨。坐至暝，始出。南行四里，宿能仁寺。

【注释】

① 雁宕山：在浙江乐清、平阳二县，分北、中、南三座，岩峦盘曲数百里。北雁峰顶有湖，（按：宕，通"荡"，水泽也。）水常不涸；春天，雁归，常止于其中，故名。

② 十四日：指明朝万历四十一年（1613）四月十四日。

③ 清隐：即文末所云云静庵的道人。徐弘祖前一日投宿于此庵。

④ 坐得：马上到达。

⑤ 冰壶瑶界：瑶，美玉也。冰壶瑶界，指景物清莹洁白，有如神仙世界。

⑥　玉环：岛名，在浙江乐清县东海中。

⑦　山坳：坳，地洼下处。

⑧　石笋：突出地上尖如笋的石头叫石笋。

⑨　灵岩：寺名，十二日的日记说该处"绝壁四合，摩天劈地，曲折而入，如另辟一寰界"。

⑩　丘垤：垤，小土阜。丘垤，指地上小土堆。

⑪　常云：峰名，高冠左右群峰，云气常蒙其顶，故名。

⑫　比肩：等高。

⑬　尖：指峰顶。

⑭　《志》：即《雁山志》，为明朝乐清人朱谏所编。

⑮　龙湫：水池曰湫。龙湫亦称大龙湫，瀑布名。其瀑自岩端喷出二三丈，悬空下坠，高约五百丈，为雁宕奇景之一。

⑯　返辙：辙，车之轨迹。返辙，谓走回头路。

⑰　莲舟：同行和尚之名。

⑱　棱棱：严峻貌。

⑲　向：刚才。

⑳　撩：挑弄。

㉑　嵌：以物填入空隙中。

㉒　陟：登也。

㉓　勒：迫也。

㉔　腾挽：腾，上升。挽，用力拉。

㉕　能仁寺：雁宕山大刹之一。

【说明】

看了这一篇游记，你一定会发现徐弘祖之游山和袁中郎、张岱的大异其趣：袁、张两人可说都是旅游观光，徐弘祖简直就是在冒险。用现在的说法，袁、张两人就像你我假日上阳明山或者翡翠谷等市郊名胜；徐弘祖则是登山队员，抱着雄心壮志有计划地去爬奇莱、能高，甚至远征喜马拉雅山。

上阳明山，交通方便，人潮自然汹涌。游一趟回来，写篇游记，不是像张岱把目光专注在游客上，就是像袁中郎特别谈谈几桩趣事，山呢？写来写去，还不是鸟语花香，温泉水滑吗？免了！攀登奇莱山可就不同了，虽然有不少人去过，但是奇莱仍不失其神秘性，一般人总还觉得高不可攀，一旦有缘走一遭，你便发现它以傲岸之姿矗立在那里，要你去匍匐、去瞻仰，去接触他的棱峰崖石。所以，你的游记里，不再是趣人趣事，而完全为山所占有，一蹊一径，一峰一峦；山崖绝壁，坑谷岩涧……都出自深心的印象，尤其是辟榛莽、履艰险，以生命换取的攀登过程，更要好好记下，以志不忘，以启山友。

徐弘祖本人就是一个了不起的登山者，他的足迹遍及河北、河南、陕西、湖南、江苏、浙江、福建、广东、云南、贵州等地，前后共三十多年，历经万余里路。清朝人潘耒说他旅游的情形是这样的：

途穷不忧，行误不悔，暝则寝树石之间，饥则啖草木之实。不避风雨，不惮虎狼，不计程期，不求伴侣，以性灵游，以躯命游，亘古以来，一人而已。

徐弘祖本是富家公子，只因耽奇嗜癖，秉持坚决的心志，冒险犯难，穷山溯水。这样的壮举，真是亘古一人。

徐弘祖是千古奇人，他的著作——《徐霞客游记》（此书有地质学家丁文江的校本，鼎文书局出版）则是千古奇文。此书以日记体的形式，精审地记述生平游踪，攀登的时间、路径、方位等等都有清楚的交代和详明的脉络，而他描写的能力又极其高明，如本文写俯瞰云海的景观：

四望白云，迷漫一色，平铺峰下。诸峰朵朵，仅露一顶，日光映之，如冰壶瑶界，不辨海陆，然海中玉环一抹，若可俯而拾也。

写瀑布的壮观：

复至龙湫，则积雨之后，怒涛倾注，变幻极势，轰雷喷雪。

平铺直叙，不用特别的刻画，没有艰深的修辞，但是景象历历，宛然目前，的确是写景文上品。再加上文章数量之多，旷古未有，是游记文学的扛鼎力作。

至于徐霞客本人还有几点可以补充的：第一，他事母至孝。虽然西南云贵之游，早已蓄志待发，但是老母在堂，遵古人父母在不远游的明训，一直拖到五十岁，才首途远行。第二，他待友至忠。西南之游，有僧静闻和一顾姓仆人，不幸在湖南遇到强盗，静闻伤重而死，遗嘱要埋骨云南鸡足山。徐霞客因此绕道两千多里路，几经危难，一年多而有志竟成。第三，他待人至宽。在到达鸡足山后，顾仆乘机席卷细软潜逃，有人要前往追捕，霞客却劝止他说："追或不及，及亦不能强之必来，听其去而已矣。但离乡三载，一主一仆，形影相依，一旦弃余于万里之外，何其忍也。"非仅不予责怪，反生恋恋不忍之情，以德报怨，以恕存心，何其不易！第四，他律己至严。万里跋涉，霞客常常绝粮挨饿，但是不义之财，一毫不苟。即使有人捐助旅费，他都坚拒不纳。最后一点，徐霞客虽生在明末，却有近世科学求知的精神。他对于古来记载江河山脉，囿限于中国一方，感到不满，而有海外探险的雄心。丁文江先生极为推崇徐霞客，他说："霞客此种求知精神，乃近百年来欧美人之特色，而不谓先生已得之于二百八十年前。故凡论先生者，或仅爱其文章，或徒惊其游迹，皆非真知先生者也。"

读《徐霞客游记》，缅怀徐霞客的为人，是不是让我们倍增雄心壮志呢！

第七章 笑话篇

《笑林》引

江盈科

人生大块①中百年耳，才谢乳哺，入家塾，即受蒙师②约束；长而为民，则官法束之；为士，则学政束之；为官，则朝议③束之。终其身处乎利害毁誉之途，无由解脱。庄子所谓一月之间，开口而笑者，不能数日。嘻！亦苦矣！

予乡谭子玉夫④，生长闾阎，耕凿自给，进不躐名⑤，退不营利，鹑衣草食⑥，泊如⑦也。性畅快，喜谈说，每耕锄之暇，即与田夫野叟酌浊醪，纵谐谑，闻人作谑语，辄笔记之。渐次成帙，题曰《笑林》。余读之，大都真而雅者十三，赝而俚者十七，间或悖教拂经，不可以训⑧，然其旨归，皆足为哄堂胡卢⑨之助。使经济之儒，礼法之士览之，当未及终篇，遂付秦焰⑩。至于迂散闲旷，幽忧抑郁之夫，取而读矣，亦自不觉其眉之伸，颐之解，发狂大叫，而不能自已！

嗟乎！沙弥不梳，世不废夫梳掠⑪；刖者不履，世不废夫鞋靸⑫。盖有不用者，亦自有用之者，则兹编亦何得遂畀祖龙⑬？

或曰："谭子而得志，亦有用于天下否？"余曰："顾所遇何如耳。苏代以土偶止田文之行^⑭，淳于以豚蹄加齐宣之璧^⑮，曼倩以鹿触之言悟汉武之杀卒^⑯，优伶以荫室之说止二世之漆城^⑰，此岂非谐语之收功，反出于正言格论之上者哉？又安可废？"难者又曰："谭子野人耳，不妨为此；子，孔氏之徒也，默成象，语成爻^⑱，乃亦贵此乎？"余曰："果若子言，则牛刀割鸡^⑲，夫非出尼老^⑳之口者哉？彼谭子者，特谐谑之滥觞耳。若夫索河源于昆仑，不可谓非尼老作俑^㉑。"

【注释】

① 大块：谓天地。

② 蒙帅：指家塾启蒙的老师。

③ 朝议：朝廷议决的事项。

④ 谭玉夫：生平不详，所作《笑林》一书，今亦不传。

⑤ 膻名：膻，羊臭也。膻名，谓追求声名。

⑥ 鹑衣草食：鹑衣，补缀的衣服。草食，指非常粗劣的食物。

⑦ 泊如：泊，温和的样子。

⑧ 不可以训：不可以为法则。

⑨ 哄堂胡卢：哄堂，谓众人同时发笑。胡卢，大笑貌。

⑩ 秦焰：秦始皇曾有焚书之举，后乃谓焚书为付之秦焰。

⑪ 沙弥不栉，世不废夫梳掠：和尚不需理发，世人不会因此废弃梳子不用。

⑫　刖者不履，世不废夫鞋靸：刖，断足。靸，鞋之一种。断足的人不需穿鞋，世人不会因此弃鞋不穿。

⑬　畀祖龙：畀，音 bì，给予。祖龙，就是秦始皇。祖有始意，龙乃帝皇之象，故云。畀祖龙，即上云付秦焰焚书之意。

⑭　苏代以土偶止田文之行：苏代，战国时纵横家苏秦之弟。田文，即齐国公子孟尝君。秦国诱使孟尝君入秦，将行，众宾客劝谏不听。苏代乃以木偶与土偶的对话为喻劝孟尝君。木偶人说："天将下雨了，你不走会被淋坏的。"土偶人说："我生于土，淋坏了，就回到土里去。可是，你顺水而下，就不知要被冲到哪里去了。"孟尝君因此留下不走。

⑮　淳于以豚蹄加齐宣之壁：淳于，即战国时齐国入赘之婿淳于髡。齐宣，乃齐威王之子，此处应作齐威才对。威王八年，楚国派大兵攻齐，威王派淳于髡带着有限财物出使赵国求援。淳于髡仰天大笑说："我从东边来，路上遇见一个农夫，拿着一只猪腿和一瓶酒，向老天爷祈祷，期望满坑满谷的丰收，所以我一想起就忍不住大笑！"威王知道淳于髡讽刺他，于是增加大量的财宝赴赵求援。淳于髡终不负所托，求得精兵十万，巩固齐国城墙。（加，强固也。壁，城墙。）

⑯　曼倩以鹿触之言悟汉武之杀卒：曼倩，即汉朝的东方朔，史称其为"滑稽之雄"。他擅长以诙谐之言劝谏汉武帝。此句典故出处不详。

⑰　优伶以荫室之说止二世之漆城：优伶，指秦国的优旃，

是一个侏儒，善于说笑。秦二世想油漆城墙，优旃说："太好了！皇上不说，臣也一定请谏。漆城虽然要老百姓花钱愁苦，但是城墙漆得光溜溜的，敌人来攻，就上不来了！如果怕太阳晒，油漆不干的话，那我们就盖个遮阳的荫室，把城墙遮起来好了！"秦二世于是笑笑，不漆城了。

⑱ 默成象，语成爻：爻，效也，效物之变动。象，即象物之形状也。二词皆易卦的专有名词，由爻象的不同，可以观人的吉凶。此句谓：儒家之徒，动静语默皆为人效法借镜也。

⑲ 牛刀割鸡：即"割鸡焉用牛刀"，比喻做小事不需用大才。典出《论语·阳货》："子之武城，闻弦歌之声，夫子莞尔而笑曰：'割鸡焉用牛刀？'"

⑳ 尼老：孔子字仲尼，故称尼老。

㉑ 作俑：创始也。

【说明】

虽然自古以来就有笑话书流传，但是笑话观的通达，写作态度的认真，作品的出色，明末都是不可忽视的一环。

江盈科，字进之，号绿萝山人，湖南桃源人。万历二十年进士，授长洲令，官至四川提学副使。他在江苏长洲当知县的时候，袁中郎刚好在邻县——吴县当知县，所以两人颇有来往，诗文唱和，对性灵文学思想的建树，功劳不小。对于俗文学的观点，他显然比袁中郎更积极，他曾经辑录笑话、谜语为《雪涛谐史》，又创作寓言为《雪涛小说》（见后寓言篇选例），辑录日常见闻为《谭丛与纪闻》，合为《雪涛四小书》；他的诗文，诗人评为"近乎近俚近俳"，可见受俗文学影响之深。

我们先录《谐史》里的几则笑话看看：

北人与南人论橄榄与枣孰佳。北人曰："枣味甜。"南人曰："橄榄味虽辣，却有回甜。"北人曰："待你回得甜来，我先甜了一回。"

有学博者，宰鸡一只，伴以萝卜制馔，邀青衿二十辈，飨之。鸡魂赴冥司告曰："杀鸡供客，此是常事，但不合一鸡，供二十余客。"冥司曰："恐无此理。"鸡曰："萝卜作证。"及拘萝卜审问。答曰："鸡你欺心。那日供客，只见我，何曾见你？"博士家风类如此。

袁中郎在京师，九月即服重绵。余曰："此太热，恐流鼻红。"其弟小修曰："不服，又恐流鼻白。"

《谐史》里的笑话都是以当代人的言行为题材，虽然大部分都只供人一笑而已，间或有数则，蓄意讽刺泥古不化的学究博士，如上引《博士家风》一则就是。

自己既创作笑话，对同乡谭玉夫所辑笑话书，自然乐于为他作序。《笑林引》可以很清楚地看出江进之的笑话观，兹分数点讨论如下：

一、笑话的作者与创作情形。他说谭玉夫是一个恬淡自处，与世无争之人；而本性又畅快，喜欢说说笑笑，与人喝酒的时候，尤其纵情无忌，诙谐戏谑。他与田夫野叟的相处是很和谐的。他也就将大家戏谑的话语随时笔录下来，汇集成书。可见笑话的题材，直接取自民间世相，百姓戏谑，而作者则需有恬淡开放的心性。

二、笑话的性质。江进之说《笑林》"真而雅者十三，赝而俚者十七"。真，指的是有事实根据的题材；赝，则指纯属虚构，子虚乌有之事。雅，指说笑话的方式和内容，比较严肃雅正；俚则指粗俗轻率，甚至于猥亵叛道的话题。从此比例上看，虚构俚俗的作品远远超过真实雅正的笑话。这是合乎事实的，笑话既然流行民间，当然是相当通俗的，而虚构夸张的成分越多越巧妙，越能达成笑话的功用。

三、笑话的功用。主要目的当然是供人一笑。江氏认为人生时时刻刻都有束缚，难得解脱；笑话使人暂时忘掉个人的利害毁誉，幽忧抑郁，而眉伸颐解，发狂大叫，这就是笑话的功用了。

可是，事物对人有没有用，因为标准不一致，看法也就不同。对飞黄腾达、得意一世的人，可能不必依赖虚构的笑话来解闷；而严肃端正的人，以经世济民为衡量事物之唯一标准，以名教礼法为不可侵越的大防，笑话既无经济之用，又常常悖教拂经，也就难怪他们要将笑话书付以秦火，焚之而后快了。

明末思想虽然较为开放，传统卫道的力量还是很强大，所以江盈科不得不为自己的笑话观巧为辩护。一来他承认部分笑话是不可以为训，不能太认真，这是消极的退一步的说法。积极的则强调孔子首创"牛刀割鸡"的笑话，并以苏代、淳于髡、东方朔、优旃的例子说明笑话的经济大用，甚至于超过所谓的"正言格论"。

不可讳言，笑话确实有不少以低级趣味为主的作品，但由此正足以显现笑话的民间性，可以一笑置之；至于过分揄扬，以笑话为有大用，就不免曲护了。江氏所举苏代等人的例子应视同庄子所谓的"寓言"——借虚构的故事以喻明某一事理发挥个人的思想，先秦诸子的例子特别多——这和纯粹供人开卷一笑的笑话，应该有所区别，我们将在寓言篇加以讨论。

至于《笑林》一书，似乎已失传，世界书局的《中国笑话书》收有明朝佚名撰的《笑林》四则笑话，乃转引他书，不知是否即谭玉夫所撰，兹选录一则，题为《邑丞通文》：

某邑一丞，素不知文，而强效肇作文语。其大令病起，自怜消瘦，丞曰："堂翁深情厚貌，如何得瘦。"又侍大令饮，而大令将赴别席，辞去，丞曰："乞其余不足，又顾而之他。"县令修后堂，颇华整，丞趋而进曰："山节藻棁，何如其知也。"一日，县治捕强盗数人，令严刑讯鞠，盗哀号殊苦，丞从傍抚掌笑曰："恶人自有恶人磨。"

按：这则笑话，也见于《雪涛谐史》中，而邑丞文语之例加多，可见抄袭痕迹。

《笑府》序

冯梦龙

    古今来莫非话也，话莫非笑也。两仪①之混沌②开辟，列圣之揖让③征诛④，见者其谁耶？夫亦话之而已耳。后之话今，亦犹今之话昔，话之而疑之，可笑也；话之而信之，犹可笑也。经书子史，鬼话也，而争传焉⑤。诗赋文章，淡话也，而争工焉⑥。褒讥伸抑，乱话⑦也，而争趋避⑧焉。或笑人，或笑于人⑨，笑人者亦复笑于人，笑于人者亦复笑人，人之相笑宁有已⑩时？

    《笑府》，集笑诂也，十三篇犹云溥乎云尔⑪。或阅之而喜，请勿喜；或阅之而嗔⑫，请勿嗔。古今世界一大笑府，我与若⑬皆在其中供人话柄⑭，不话不成人，不笑不成话，不笑不话不成世界。布袋和尚⑮，吾师乎，吾师乎。

【注释】

    ① 两仪：天地。

②　混沌：指世界未开辟前的景象。

③　揖让：以位让贤，又叫禅让。

④　征诛：用武力诛锄暴君而代有其位，是中国古代的政权取得方式的一种。

⑤　"经书子史"三句：意谓经书子史是已死去的古人留下的话语，人们却争相传诵。

⑥　"诗赋文章"三句：诗赋文章原是很平淡的话语，作者却争相锤炼修饰。

⑦　褒讥伸抑，乱话：褒和伸都指赞扬；讥与抑则谓贬斥。不管是赞扬或贬斥，都只不过是胡言乱语。

⑧　趋避：趋，向往。避，逃避。趋在此是就褒、伸而言。一般人都向往他人褒扬自己。避是就讥抑而言。力避他人的讥讽贬抑是人之常情。

⑨　笑于人：被人笑。

⑩　已：止，罢休。

⑪　云尔：如此而已，这样罢了。

⑫　嗔：怒。

⑬　若：你。

⑭　话柄：指言论行为，供人做谈笑资料者。

⑮　布袋和尚：后梁高僧，名契此，号定应大师。常常杖荷一布袋，随处寝卧。世传为弥勒菩萨的应化身。

【说明】

国学大师王国维写过这样一首脍炙人口的词《浣溪沙》：

山寺微茫背夕曛，鸟飞不到半山昏，上方孤磬定行云。　　　试上高峰窥皓月，偶开天眼觑红尘，可怜身是眼中人。

每忆起这首词，我就想到王国维抑郁沉丧、徘徊昆明湖畔的情景，到底是什么原因，迫得他不得不纵身一跃，与世长辞呢？世俗有许多揣测，没有人知道哪一种说法才是最正确的。我却认为这一首《浣溪沙》词早已隐隐透露王氏人生的必然结局：黄昏、夕阳、山寺、停云，一幅宁静却凄清的世界，王国维不是上山来涤尘除虑的吗？不是希望借着那一轮皓月，慰吾心怀，解我烦忧的吗？可是，居高临下，偶然觑见，却更无法掩饰人世的真相：红尘滚滚，苦海无边，在其中载浮载沉，挣扎号叫，不得解脱的人们是多么可怜啊！而"我"也正是眼中所见的那"可怜人"啊！这样的悲观，这样的愁惨，难怪王国维要走上自我了断的绝路了。唉！

在思想没有出路的时刻，看一看、听一听不同的人生观，是有帮助的。明末文人用笑话来补伤疗疮的态度是可以借镜的。例如，王思任为那自称又憨又聋的屠本畯所编的《笑词》作序道：

海上憨先生者，老矣。历尽寒暑，勘破玄黄，举人间世一切虾蟆傀儡、马牛魑魅、抢攘忙迫之态，用醉眼一缝，尽行囊括。日居月诸，堆堆积积，不觉胸中五岳坟起。欲叹则气短，欲骂则恶声有限，欲哭则为其近于妇人；于是破涕为笑，极笑之变，各赋一词，而以之囊括天下之苦事。

以醉眼缝合，以笑词为解，天下苦事尽行囊括，而"憨老胸次，亦复云去天空，但有欢喜种子，不更知有苦矣"，这样的胸襟，如此解脱法，不是令人羡慕吗？

冯梦龙要师法布袋和尚，应该也是这个意思吧？

传说布袋和尚是弥勒佛的化身，而弥勒佛的启示是"大肚包容，了却人间多少事；满心欢喜，笑开古今天下愁"。布袋应如大肚，可以囊括人间是非，弥缝人世苦楚，将古今多少事，尽付笑谈中。

"古今世界一大笑府，我与若皆在其中供人话柄。"冯梦龙如同王国维一般站在高处，看到的人世则显然不同：一个是苦海，一个却是笑府。苦海难以超拔，笑府也不免嗔喜，可是，古今人我皆可供人齿颊，付之一笑，那么，说说笑笑，把世界化成欢喜场，何必趋避争执呢？又何必畏缩不前呢？

不知道你的看法如何？我们且引几则《笑府》的笑话作结。

一匠人装门闩，误装门外，主人骂为瞎贼。匠答曰："你便瞎贼！"主人曰："我如何瞎？"曰："你有眼，叫我这一个匠人！"（《木匠》）

有厨子在家切肉，匿一块于怀中。妻见之骂曰："这是自家的

肉，何为如此？"答曰："我忘了。"（《厨子》）

一瞽者与众人坐，众有所见而笑，瞽者亦笑。众问之曰："何所见而笑？"瞽者曰："你们所见定然不差。"（《瞽笑》）

一人方陪客，偶撒一屁，愧甚欲掩之，乃连以指磨椅子作声。客曰："还是第一声像。"（《椅响》）

一好饮者梦得美酒，将热而饮之，忽然梦醒，乃大悔曰："恨不冷吃！"（《好饮》）

一人溺水，其子呼人急救。父于水中探头曰："是三分银子便救，若要多莫来！"（《溺水》）

有一人偶仆地，方起复跌，乃曰："早知还有一跌，不起来也罢了！"（《跌》）

一人性最贪，富者语之曰："我白送你一千银子，你与我打死了罢？"其人沉吟良久，曰："只打我半死，与我五百两，何如？"（《打半死》）

你是不是和我一样，还大笑不止呢？这么精简的古典笑话，竟然有这么大的魔力，谁还敢忽视它们呢？

《笑得好》自序

石成金

　　人性皆善，要知世无不好之人，其人之不好者，总由物欲昏蔽，俗习熏陶，染成痼疾[①]，医药难痊[②]，墨子以悲[③]，深可痛也。即[④]有贤者，虽以嘉言法语[⑤]，大声疾呼，奈何迷而不悟，岂独不警于心，更且不入于耳，此则言如不言，彼则听如不听，真堪浩叹[⑥]哉！

　　正言[⑦]闻之欲睡，笑话听之恐后[⑧]，今人之恒情。夫既以正言训之而不听，曷若[⑨]以笑话怵之[⑩]之为得乎。予乃著笑话一书，评列警醒，令读者凡有过愆[⑪]偏私，蒙昧[⑫]贪痴之种种，闻予之笑，悉皆惭愧悔改，俱得成良善之好人矣，因以《笑得好》三字名其书。

　　或有怪予立意虽佳，但语甚刻毒，令闻者难当，未免破笑成怒，大非圣言含蕴之比[⑬]，岂不以美意而种恨因乎？予因谓沉疴[⑭]痼疾，非用猛药，何能起死回生，若听予之笑，不自悔改，而反生怒恨者，是病已垂危，医进良药，尚迟疑不服，转咎[⑮]药性之猛烈，思欲体健身安，何可得哉？但愿听笑者入耳警心，则人性之天良顿复^⑯，遍地无不好之人，方知刻毒语言，有功于世者不小，全要闻笑即愧即悔，是即学好之人也。

石成金天基撰。

【注释】

① 痼疾：久病的意思。

② 痊：病除叫痊。

③ 墨子以悲：是说墨子因此而悲伤。墨子名翟，鲁人，提倡"兼爱""非攻"。墨子曾见人染丝而感叹地说："染于苍则苍，染于黄则黄。所入变，其色亦变。"这句话的意思是说人受环境的影响而形成善、恶的差距，因此劝人要选择好的环境。

④ 即：有即使、纵使的意思。

⑤ 嘉言法语：就是嘉善纯正的言语。

⑥ 浩叹：有长叹的意思。

⑦ 正言：指正直的话语。

⑧ 恐后：恐怕落人之后。

⑨ 曷若：何如。

⑩ 怵之：怵，感动他的心。

⑪ 过愆：愆，有过错的意思。

⑫ 蒙昧：原意是目不明的样子，此处指人的清明本性被物欲蒙蔽。

⑬　大非圣言含蕴之比：与圣人含蓄委婉的话大大不相类。

⑭　沉疴：指旧疾。疴，有病的意思。

⑮　咎：有归罪的意思。

⑯　顿复：立刻恢复。

【说明】

江盈科为笑话辩护，因为当时风气未开；到了冯梦龙，则毫无疑虑，而能以笑话观人观世。从作品来看，也可以清楚看出演进的痕迹。江盈科虽然有新观念，但是还念念不忘自己是"孔氏之徒"，比较放不开，他的题材大部分局限于真人真事，文章比较含蓄，叙述平淡。冯梦龙则全力从事俗文学的整理与创作，比较能够把握民间百姓的所思所感，而毫无避讳地为他们自由创作，题材更加广泛俚俗，文字则力求简明有力。他们的风格用江盈科的话说：《谐史》"真而雅"，而《笑府》则"俚而赝"。表现的成绩是：《谐史》让人莞尔，而《笑府》则令人开怀大笑。

石成金是清初人。他的笑话观与作品，与江、冯两人比较则又是相当不同的风格。

"正言闻之欲睡，笑话听之恐后，今人之恒情。夫既以正言训之而不听，曷若以笑话怵之之为得乎！"这是石成金最主要的观点。他从人情方面肯定了笑话，以为它醒世警人的效果远远超过正言格训。因此他写作笑话的态度完全不同，他说："人以笑话为笑，我以笑话醒人。虽然游戏三昧，可称度世金针。"

他自己也知道，他写作的笑话，"语甚刻毒"，有时不仅无法让人开怀一笑，反而"令闻者难当，未免破笑成怒"。这是因为他面对的读者既是"不好之人"，他要"训"他，"怵"他，就不能让读者笑过就算了，他要笑中有骂，他要下猛药苦药，期使顽冥者立时警醒，沉疴者顿然奋起。他怕读者不懂，甚至于附上评语，明白说出他的教训。所以《笑得好》初集、二集里面有许多则故事趣味性不够，而讽刺性太尖刻，见事不够超然，而显得酸腐庸俗了。写作笑话为了趣味，甚至于下流猥亵，固然是一种罪过；而不要趣味，纯以劝善惩恶的说教为目的，那也是亵渎了民间文学形式。我们且举《笑得好》的一两个例子：

《门上贴道人》（原注：笑心毒貌慈的）

一人买门神，误买道人画，贴在门上，妻问曰："门神原是持刀执斧，鬼才惧怕，这忠厚相貌，贴他何用？"夫曰："再莫说起，如今外貌忠厚的，他行出事来，更毒更狠。"

《醉猴》（原注：笑醉酒的）

有人买得猴狲，将衣帽与之穿戴，教习拜跪，颇似人形。一日，设酒请客，令其行礼，甚是可爱。客以酒赏之，猴饮大醉，脱去衣帽，满地打滚。众客笑曰："这猴狲不吃酒时还像个人形，岂知吃下酒去，就不像个人了。"

（原评）酒须少饮，若或大醉，则为害甚多，有人形者鲜矣。

像这类形式和内容的故事在《笑得好》里的比例很大。读者如果是他所指斥的一类型的人物，或许可收一点警醒作用。但是如果以看笑话的心情来看，就不免大失所望；若有童稚无知，学了这一套尖牙利嘴，伤人伤己，为害就不浅了！"笑话"变成"训话"，开怀解颐变成龇牙咧嘴，悠悠人世徒增不少怨怒呵骂，那才真是天大的笑话呢。

【作者简介】

石成金，字天基，清初人。所著有：《传家宝全集》，《笑得好》（初集、二集）。

第八章 寓言篇

催科

江盈科

为令之难，难于催科①。催科与抚字②，往往相妨，不能相济。阳城③以拙蒙赏，盖犹古昔为然。今非其时矣！

国家之需赋也，如枵腹④待食；穷民之输将也，如挖脑出髓。为有司者，前迫于督促，后慑于黜罚，心计曰："与其得罪于能陟⑤我能黜我之君王，不如忍怨于无若我何之百姓。"是故号令不完，追呼继之矣。棰楚⑥不完，而囹圄、而桎梏。民于是有称贷⑦耳。称贷不得，有卖新丝籴⑧新谷耳。丝尽谷竭，有鬻产⑨耳。又其甚，有鬻妻鬻子女耳。如是而后赋可完。赋完而民之死者十七八矣！

呜呼，竭泽而渔⑩，明年无鱼，可不痛哉！或有尤⑪之者，则应曰："吾但使国家无逋赋⑫，吾职尽矣。不能复念尔民也。"余求其比拟，类驼医然。

昔有医人，自媒⑬能治背驼，曰："如弓者，如虾⑭者，如曲环者，延⑮吾治，可朝治而夕如矢⑯。"一人信焉，而使治驼。

乃索板二片，以一置地下，卧驼者其上，又以一压焉。又即踏[17]焉。驼者随直，亦复随死。其子欲鸣[18]诸官，医人曰："我业治驼。但管人直，哪管人死！"

呜呼！世之为令，但管钱粮完，不管百姓死，何以异于此医也哉！虽然，非仗明君躬节损[19]之政，下宽恤之诏，即欲有司不为驼医，可得耶？

【注释】

① 催科：催促人民纳税。

② 抚字：爱养人民。

③ 阳城：唐朝北平人，字亢宗。好学，家贫，无书可读。后为集贤院小吏，乃窃院书研读，六年，乃无所不通。中进士，隐居中条山，唐德宗召为谏议大夫，不与诸谏官参论细事，但与宾客日夜痛饮。后迁为道州刺史，不贡赋税。顺宗初年，诏回京，不受而死。

④ 枵腹：枵，空虚。枵腹，指饥饿而腹内空虚。

⑤ 陟：升迁。

⑥ 棰楚：鞭打。

⑦ 称贷：借钱。

⑧ 粜：卖米。

⑨ 鬻产：卖掉家产。

⑩ 竭泽而渔：比喻取之不留余地。

⑪　尤：怨恨。

⑫　逋赋：逃税。

⑬　自媒：自为媒介，即自我宣传之意。

⑭　鰕：即虾。

⑮　延：请也。

⑯　如矢：像箭一般直。

⑰　踏：跳也。

⑱　鸣：控告。

⑲　节损：节俭而减税。

【说明】

　　晚明的寓言是性灵文学思想所灿开的花果之一，作品量丰而美，文学史上堪与先秦寓言比肩。赵南星的《笑赞》、李卓吾的《山中一夕话》、冯梦龙的《古今谭概》、耿定向的《权子》、陆灼的《艾子后语》、屠本畯的《艾子外语》《憨子杂俎》、江盈科的《雪涛小说》等，都有许多机智横溢、耐人咀嚼的作品。

　　寓言和笑话不同，虽然寓言不乏令人发笑的故事，而笑话书中有不少寓言性质的作品。从形式上看来它们有许多类似：篇幅都很短，都有故事，喜欢以人间世相作为题材。可是，稍为辨别，两者的差异也很大。从本质上说：笑话以诙谐趣味为特色，以当下引人发笑为其追求目标；寓言则借故事为喻，目的是要具体传达某种思想或意见，可以写得相当有趣，但也无妨严肃，令人深思。再从表现的技巧看来：笑话只需记录片言只语，文字要求精简有力，不容许掺杂议论于其中；寓言以清楚明白为主，要有比较完整的情节和对话，容许议论的存在——如先秦寓言大多置于议论中间，独立的寓言则多采用篇末说明寓意的做法。至于题材，寓言除了以人事作材料之外，喜欢将动植物拟人化，塑造一个模拟的人间相，指桑骂槐，以达到讽刺的效果。

本篇催科的寓言——医驼背的故事，石天基曾经加以改写，收入《笑得好》二集。我们试将两篇加以对照，就可以明白寓言和笑话的不同了。石天基是这样写的：

医驼背　笑只图利己，不顾损人的，改江盈科语

有一医人，自夸能治驼背："虽弯如刀，曲如虾，即或头环至腰，但请我一治，即刻笔直。"有驼背人信其言，请其治之。乃索大板二片，以一板放地，令驼人仰睡板上，又将一板压上，两头用粗绳着紧收捆，其驼人痛极喊声求止，医总不听，反加足力重踏。驼背随直，亦即随死。众揪医打。医者曰："我只知治驼背，我哪里管人的死活呢。"（原注：要学驼悲痛声，又学医人哭苦告饶声，才发笑。）

在前篇，我们已经说石天基写作笑话的态度是有一点偏差的，这一则医驼背的笑话，在和原作对照之后，更显得失败。在催科的脉络里，医驼背的故事，非仅不能让吾人发笑，反而让我们倍

觉沉痛，因此而使吾人对于地方官吏的催科逋赋、压榨百姓的事实感到痛心。石天基将故事的实际寓意去掉，勉强改作笑话，自知无法令人启颜，要人模拟驼悲医哭，以沉哀为笑谈，视残忍为有趣，不仅无法使利己者警醒，而且，以残障者为笑柄的做法，加深弱者的自惭形秽，这和他标题下注的作意不是大相径庭了吗？

明人对寓言和笑话也许并未严予分辨，可是他们显然能够运用不同的形式，以表达不同的思想。就以江盈科为例，谐史专门记录时人的趣言趣事，而催科一类的作品共有五十二则，收在《雪涛阁集》里，合为一卷，题为"说类"；收入亘史钞的《雪涛四小书》里，则题为"雪涛小说"，虽然不题"寓言"，但是它和谐史的笑话划清界限的用意是很清楚的。

江氏的寓言颇有可观，我们再选一篇《蛛蚕》加以解说。

蛛蚕

江盈科

蛛语蚕曰："尔①饱食终日，以至于老，口吐经纬②，黄白灿然③，因之自裹④。蚕妇⑤操汝，入于沸汤，抽为长丝，乃丧厥⑥躯。然则，其巧也，适以自杀，不亦愚乎？"

蚕答蛛曰："我固自杀。我所吐者遂为文章。天子衮龙⑦，百官绂⑧绣，孰非我为⑨！汝乃枵腹而营⑩，口吐经纬，织成网罗，坐伺⑪其间。蚊虻⑫蜂蝶之见过者，无不杀之而以自饱。巧则巧矣，何其忍⑬也！"

蛛曰："为人谋则为汝，自为谋宁为我。"

嘻！世之为蚕不为蛛者寡矣夫！

【注释】

① 尔：你。

② 经纬：指直线和横线。

③　灿然：是说光明耀眼。

④　因之自裹：指蚕吐丝后结成蛹把自己包裹起来。

⑤　蚕妇：指养蚕缫丝的妇人。

⑥　厥：相当口语"它的"意思，这里指"蚕"。

⑦　衮龙：指天子的礼服，上面刺绣着龙形的图案。

⑧　绂：系印环的丝绳。

⑨　孰非我为：哪一样不是靠我（指蚕丝）才能做成的？

⑩　枵腹而营：空着肚子饥饿过日子。

⑪　伺：有侦察、窥察的意思。

⑫　虻：蝇类，身体较大，喜欢吸人畜的血液。

【说明】

这是一则以动物为喻的独立的寓言故事。作者把握住动物的某一特性，将它拟人化，以表达个人对某一人间世相的看法。在形式上，大多先叙故事，然后在篇末说明寓意。这是起源很早而为我们所熟悉的寓言形式——公元前 600 年的希腊奴隶伊索最擅长这类动物寓言。在我国，唐朝的柳宗元写作的动物寓言成就很高，《黔之驴》《临江之麋》《蝜蝂传》等，都是很有名的篇章。

《雪涛小说》大部分是以人事为题材，《蛛蚕》一篇因此显得比较特殊。江氏将会吐丝的两种昆虫并列，很自然地推演出来"为人谋"和"为己谋"的不同类型，而为人谋者，牺牲自己，成就别人，不免被笑为愚；自为谋者，伤害别人，以图私利，则又不免残忍。人们本来就亲近桑蚕而厌恶蜘蛛，所以，读这一则寓言的时候，一定认同于"为人谋"的蚕，而对"自为谋"的蜘蛛大为反感。篇末的感叹因此不是勉强的结论，可以被读者接受。

下面我们附上一则现代的寓言故事，这是美国作家赛伯所写《近世寓言》里面的一篇。虽然寓意不同，但是将蛛蚕并列的发想是一样的，读者诸君也可以试着比较相同题材不同寓意的写作效果。

蜘蛛和蚕

蚕在桑树上结茧，蜘蛛睁大了眼睛望着感到出奇。

"你从哪儿弄来那些材料的？"羡慕的蜘蛛问。

"你想用它制什么吗？"蚕热切地反诘。

后来，蜘蛛跟蚕各自走开了，因为谁都以为对方侮辱了自己。

我们，人跟蚕，生活在一个差不多每件事都可以能别有所指的时代，原来这个年头，作兴说些华而不实、模棱两可的话。

【寓意】跟聪明人说话，如果空洞没有意义，是不够的。

蛇虎告语

屠本畯

东蒙山①中人喧②传虎来。艾子采茗③，从壁上观。

闻蛇告虎曰："君出而人民辟易④，禽兽奔骇⑤，势烜赫哉⑥！余出而免人践踏，已为厚幸。欲凭借宠灵⑦，光辉山岳，何道而可⑧？"虎曰："凭余驱以行可耳⑨。"蛇于是凭虎行。

未数里，蛇性不驯。虎被紧缠，负隅耸跃⑩，蛇分二段。蛇怒曰："凭得片时，害却⑪一生，冤哉！"虎曰："不如是，几被缠杀！"

艾子曰："倚势作威，荣施一时⑫，终获后灾，戒之！"

【注释】

① 东蒙山：即蒙山，在今山东蒙阴县南。

② 喧：大声说话。

③ 采茗：采茶。

222

④　辟易：退避。

⑤　奔骇：因害怕而奔逃。

⑥　势煊赫哉：声势是多么盛大啊！

⑦　宠灵：受恩宠的灵物。

⑧　何道而可：怎么做才好呢？

⑨　凭余驱以行可耳：靠着我走就可以了。

⑩　负隅耸跃：凭借着险固的地势纵身跳起。

⑪　却：了。

⑫　荣施一时：获得片刻的荣威。

【说明】

这也是一则动物寓言。艾子只是借以说出寓意的人，和故事无关。

从人的角度来看，蛇、虎同为害虫，但是蛇的阴毒似乎更令人战栗，尤其因为老虎远在深山丛林，人世难得碰见；蛇则遍在居处附近草丛中，给人的威胁较大，在人们的脑海里造成不驯的印象。

而老虎的出现，"人民辟易，禽兽奔骇"，确实构成权威的印象；毒蛇却只能畏畏缩缩地潜行于阴阴墙隅，那又是人间小人的形象。

小人攀缘权势，得道升天，不免作威作福，甚至于忘恩负义，反噬所天。当蛇被虎摔成两段的时候，犹然怒目对虎，以为老虎只给它短暂的依靠，却要剥夺它整个生命，真是至死不悟。所以艾子警告我们：不要为一时的荣施而得意，否则，后灾临头，就噬脐莫及了。

这一则寓言，令人很快联想起大家熟悉的"狐假虎威"的故事。我们将原文抄录在后面，供大家比较先秦寓言和明代寓言的同异。

（楚）宣王问群臣曰："吾闻北方之畏昭奚恤也，果诚何如？"群臣莫对。

江乙对曰："虎求百兽而食之，得狐。狐曰：'子无敢食我也。天帝使我长百兽，今子食我，是逆天帝命也。子以我为不信，吾为子先行，子随我后，观百兽之见我而敢不走乎？'虎以为然，故遂与之行。兽见之皆走。虎不知兽畏己而走也，以为畏狐也。今王之地方五千里，带甲百万，而专属之昭奚恤；故北方之畏奚恤也，其实畏王之甲兵也，犹百兽之畏虎也。"（《战国策·楚策》）

先秦寓言都和"狐假虎威"一样，没有独立成章，但是却可以由此看出现实生活中活用寓言以表达意见的方法，值得我们学习。

最后，我们再将同样假借虎威的毒蛇和狐狸做一比较。在寓言世界里，蛇与狐都扮演反派角色：阴险狡猾，诡诈多端。可是，在本篇的例子里，蛇的忘恩负义，反害自己，是无知和可鄙的；相反的，狐狸则知己知彼，以机智逃生，保全性命，成为聪明救己的范例，是相当可佩的。

虽然，在《战国策》本文的脉络里，江乙是站在楚宣王的立场，他把百兽畏走的真相告诉宣王，肯定宣王的虎威。本文里面没有赞许狐狸的机智，但是，也没有讽刺狐狸的意思。而我们现在使用"狐假虎威"这个成语的时候，词义是否定的，是对小人假借权威、无法无天的行径的詈骂。一则故事，因为观察角度不同和使用场合有别，往往可以有各种解释，这是值得注意的事。

【作者简介】

屠本畯，字田叔，自号憨先生，又曰幽曳，又自称乖龙丈人，无盖庵颈陀，浙江鄞县人。以父荫授刑部检校，历太常典簿南礼部郎中，为辰州知府。为人好诙谐，有自传文，题《乖龙丈人传》，署岁在戊午（即万历四十六年，1618 年），时年八十，则当生于明嘉靖十八年（1539）左右。著作有：《憨子杂俎》《艾子外语》《憨聋观》《山林经济籍》等。

艾子之赵

屠本畯

艾子之赵，问方士曰："先生寿几何？"方士哑然曰："余忘之矣。忆童时与群儿往看宓羲画卦[①]，见其蛇身人首，归患惊痫[②]。赖宓羲治以草药，得不死。神农播百谷，余时辟谷[③]，一粒不尝。庆都十四月而生尧[④]，延余作汤饼会[⑤]。舜为父母所虐，号泣于旻天[⑥]。余敦慰再三，以孝闻。禹治水，经余门，劳而筋之[⑦]，而饮而去。孔甲贻龙醢[⑧]，余误食之，至今日尚作腥[⑨]。汤开一面网罗兽，笑其不能忘情于野味。履辛[⑩]强余牛饮，不从，置余炮烙之刑[⑪]。言笑自若，乃得释[⑫]去。穆天子[⑬]宴瑶池[⑭]，徐偃王称兵[⑮]，天子乘八骏[⑯]而返。阿母[⑰]留余终席。为饮桑落[⑱]酒过多，一向沉醉，尚未全醒。不知今日世上是何甲子[⑲]也？"艾子唯唯而退。

俄而[⑳]赵王堕马伤胁[㉑]，医云："须千年血碣[㉒]。"下令求血碣不得。艾子告于王曰："此间有方士，不啻数千岁。杀取其血，效当速愈。"王密使人执[㉓]方士，将戮之[㉔]。方士拜泣曰："昨者吾父母皆年五十，邻姥携酒为寿 ㉕，臣饮至醉，不觉言词过诞 ㉖，实不曾活千岁，艾先生最善说谎，王其勿听 ㉗！"赵王叱而退。

录曰："艾子听方上言而信之，信方士诳 ㉘ 而举之。及至被证，反诬说谎。古今实同矣！夫捕风捉影 ㉙，犹有风也；指鹿为马 ㉚，犹有鹿也。今时风鹿更奇于方士，影马益信于艾子，其不蒙赵王之叱，非不蒙也，无赵王也。"

【注释】

① 宓羲画卦：宓羲即伏羲，古时候三皇之一，有圣德；始画八卦，造书契，教民渔猎畜牧。

② 惊痫：又叫癫痫，为一种神经疾病，多由遗传性或酒精中毒而起，患者知觉丧失，口喷沫，或自啮舌，或手脚痉挛，时好时发，不易疗治。

③ 辟谷：摒除谷食。

④ 庆都：人名。唐尧的母亲，《宋书·符瑞志》上说："帝尧之母曰庆都，生于斗维之野，常有黄云覆护其上……赤龙感之，孕十四月而生尧于丹陵。"

⑤ 延余作汤饼会：请我参加尧的生日宴会。

⑥ 旻天：天的统称。

⑦ 劳而觞之：拿酒慰劳他。

⑧ 孔甲贻龙醢：孔甲，夏王，不降子，好方鬼神，事淫乱，诸侯因此背叛了他，没多久就去世。贻，留。醢，音 hǎi，肉酱。

⑨　作腥：兴起腥味。

⑩　履辛：就是商纣，帝乙子，名受辛，为商朝末代君王。

⑪　置余炮烙之刑：炮烙之刑，是商纣所作的酷刑，用油膏涂在铜柱上，加之以火，令罪人在上面行走，使他痛楚万分，往往堕入炭火之中，活活被烧烤至死，纣王见此以为乐。

⑫　释：释放。

⑬　穆天子：周穆王。

⑭　瑶池：仙境，相传是西王母居住的地方。

⑮　徐偃王称兵：徐偃王本为周穆王时的诸侯，子爵，治国以仁义著闻。后欲舟行上国，乃导沟陈、蔡之间，得朱弓矢，以为天瑞，遂自称徐偃王，穆王令楚伐之，偃王爱民不斗，遂被楚打败。称兵，举兵。

⑯　八骏：指周穆王的名马。有赤骥、盗骊、白义、逾轮、山子、渠黄、华骝、绿耳。

⑰　阿母：指西王母。

⑱　桑落：酒名。

⑲　甲子：古时以干支纪年，比喻年岁。

⑳　俄而：不久。

㉑　胁：指身躯两侧从腋下到肋骨的尽处。

㉒　血碣：即麒麟碣，药名。《本草纲目》："此物如干血，故谓之血碣。"

㉓　执：拘捕。

228

㉔ 戮之：杀他。戮，杀。

㉕ 为寿：为他们做寿。

㉖ 诞：荒诞，不合常情。

㉗ 王其勿听：王可不要听信！"其"有可要、应该、希望的意思。

㉘ 诳：欺，惑。

㉙ 捕风捉影：指言语或事情毫无根据。

㉚ 指鹿为马：比喻颠倒是非。

【说明】

艾子是一个子虚乌有的人物，但却活跃于南宋到明末的寓言世界里。

原来，在南宋的时候，就有一本据说是苏东坡所写的《艾子杂说》，它以齐国的一个智者——艾子为主角，叙述一些有趣的人事应对，录一则为例：

齐有富人，家累千金，其二子甚愚，其父又不教之。一日，艾子谓其父曰："君之子虽美，而不通世务，他日曷能克其家？"父怒曰："吾之子敏而且恃多能，岂有不通世务耶？"艾子曰："不须试之他，但问君之子，所食者，米从何来。若知之，吾当妄言之罪。"父遂呼其子问之。其子嘻然笑曰："吾岂不知此也。每以布囊取来。"其父愀然而改容曰："子之愚甚也！彼米不是田中来？"艾子曰："非其父，不生其子！"

这样的故事有趣味，有讥刺。明朝万历初年的陆灼乃仿其体例作《艾子后语》，亦颇为风趣隽永，请看下面一则：

认真

艾子游于郊外，弟子通、执二子从焉。使执子乞浆于田舍。有老父映门观书，执子揖而请。老父指卷中"真"字问曰："识此字，馈汝浆。"执子曰："真字也。"父怒不与。执子返以告。艾子曰："执也，未达；通也，当往。"通子见父，父如前示之。通子曰："此'直八'两字也。"父喜，出家酿之美者与之。艾子饮而甘之曰："通也，智哉！使复如执之认真，一勺水吾将不得吞矣。"

这一则显然模仿《论语》里面孔子与其弟子遇丈人的故事，老父显然非泛泛之辈，乃是楚狂接舆之流，他所以要通、执二人认"真"，而且故意颠倒是非来奖惩，乃欲表现一种"不认真"的处世态度；艾子的弟子通、执二人正代表两种不同的处世法则：执是事事太"认真""执着"；通则虽"认真"，但懂得"变通"。艾子以通为智者，表示作者"通达"的人生观。这一则故事的制题和命名都经过精心设计，以表达深刻的意义；而模仿《论语》的形式，则加强了它的趣味性，是一篇难得的佳作。

再看下面一则故事：

噬犬

艾子晨饭毕，逍遥于门。见其邻担其两畜狗而西者。艾子呼而问之曰："吾子以犬安之？"邻人曰："鬻（卖也）诸屠。"艾子曰："是吠犬也，乌乎屠？"邻人指犬而骂曰："此畜生，昨夜盗贼横行，畏顾饱食，嘿不则一声。今日门辟矣。不能择人而吠，而群肆噬啮，伤及佳客，是以欲杀之！"艾子曰："善！"

这一则"噬犬"以"不能择人而吠"的畜犬为喻，痛斥那些畏避奸邪而残害忠良的臣仆，养之无用反有害，必当杀之而后快，艾子的结语虽只一个"善"字，但是颇为有力，具现众怒难犯的情境，今之为民公仆者，得毋戒慎恐惧哉！

屠本畯的《艾子外语》是殿军之作，上一篇《蛇虎告语》便是其中的一篇。本篇则选自《憨子杂俎》。

按：《憨子杂俎》题为屠本畯撰，林间懒道人录，每则故事都有"懒道人录曰"起头的评论。此书并未以固定人物为主角，本则艾子故事在文末有附注，谓出《艾子后语》，文字略有不同。今读《艾子后语》，这一则故事题为"大言"，没有明说寓意，但是从标题和内文看来，艾子并没有听信方士之言，他之所以推荐方士给赵王，乃有意揭穿他的诳言。所以懒道人的"录曰"，以为艾子误信影马，而发为深沉的感慨。这样的评断，如果将本篇孤立来看，未尝不可以；但是，这和苏东坡、陆灼到屠本畯，所塑造的智者的形象，是不调和的，艾子误信，只是懒道人的一家之言，不能以此为准。

下面再举《艾子外语》的一则故事，与本篇对照之下，我们就不会误解艾子荐方士的动机了。虽然是虚构的人物，艾子在这类寓言故事里的形象是统一的，不应加以破坏。

毛空者，道听途说之辈也。艾子自楚反齐，毛空过焉。艾子询新闻。毛空曰："人家一凫产百子。"艾子曰："无此理。"空曰："便是两凫。"艾子曰："亦无是理。"空曰："便是三凫。"渐至十凫。艾子曰："何不减子？"空曰："吾宁加凫，不肯减子。"艾子笑而唯唯。毛空曰："前月天雨肉一片，长三十丈，阔十丈。"艾子曰："无是理。"毛空曰："便是二十丈。"艾子曰："亦无是理。"空曰："便是十丈。"艾子曰："汝看世间，那得一片方圆十丈大肉乎？"问凫产谁家，肉雨何地。空曰："行路人如此说。"艾子笑谓弟子曰："慎毋道听途说哉！"

这一则"道听途说"的寓言，有寓意，有趣味。艾子"笑谓弟子"的机会教育，显现出可亲可喜的智者形象，令人仰慕。

第九章　清言篇

《清纪》序

王宇

　　近日清话，如婆罗园^①一帙，语多感愤，人共快谈，宁野《清纪》^②撰述类是。顾隐居放言^③，知罪任之，纬真^④犹可，宁野犹将用世，而越世高谈，是可异也。

　　客曰："君子出表清节，居著清言。如子之云，浊而可乎？"

　　王生^⑤曰："是非尔所知也。洗耳牵犊^⑥，相对数语，言清行奇，幸际中天^⑦，故能容耳；代辞三五^⑧，皎皎易污^⑨；虞夏寄慨，终饿西山^⑩；醉醒兴嗟，竟沉汨罗^⑪。水清而鱼不得安矣，林清而鸟不得安矣，言清而身不得安矣。故昔之不肖者，饰清言以自文；后之贤者，反匿清言以自免。士生季世^⑫，善不可为，而清复可纪乎？汉之清议^⑬，晋之清谈^⑭，徒自及^⑮也，且祸而国^⑯。宁野不云乎？处世至此时，笑啼俱不敢，论文于我辈，玄白总堪嘲^⑰，予恐此书出而嘲者正多也！抑予尝喜眉公寄贞父^⑱之句：'世皆欲杀成才子，我见犹怜是美人。'亡已^⑲，请以斯言为宁野解嘲。"

【注释】

① 娑罗园：即屠隆所作《娑罗馆清言》二卷。

② 宁野《清纪》：吴从先，字宁野，万历时人，有《小窗五纪》（包括《自纪》《别纪》《清纪》《广清纪》《艳纪》五书）。《清纪》，即《小窗清纪》，分清语、清事、清享、清韵四类。

③ 放言：无顾忌地高言阔论。

④ 纬真：屠隆字长卿、纬真，号赤水、由拳山人、鸿苞居士。鄞县人，万历进士。

⑤ 王生：王宇自称。王宇，字永启，明末福建人。著有《评选古今文致》。

⑥ 洗耳牵犊：指许由、巢父之事。皇甫谧《高士传》云："许由字武仲，尧闻其贤，致天下而让焉，乃退而遁于中岳颍水之阳、箕山之下隐。尧又召为九州长，由不欲闻之，洗耳于颍水滨。时有巢父，牵犊欲饮之，见由洗耳，问其故。对曰：'尧欲召我为九州长，恶闻其声，是故洗耳。'巢父曰：'子若处高岸深谷，人道不通，谁能见子？子故浮游，欲闻求其名声，污吾犊口。牵犊上流，饮之。"

⑦ 幸际中天：太平盛世，如日中天。此谓许由、巢父幸而生在太平的唐尧时候。

⑧ 代辞三五：三五，指三皇五帝，上古之治世也。代辞三五，指与治世相距甚远的后代。

⑨　皎皎易污：洁白之事物容易受污染，此指乱世中不易保持高节之德行。

⑩　虞夏寄慨，终饿西山：二语指伯夷、叔齐的故事。伯夷、叔齐都是商朝孤竹君的儿子。父将死，遗命立弟叔齐。父死，叔齐让伯夷，伯夷不受而逃去，叔齐亦逃。周武王伐商，夷齐叩马而谏，不听。武王灭商，夷齐耻之，不食周粟，隐于首阳山，采薇而食，即将饿死，作歌道："登彼西山兮，采其薇矣！以暴易暴兮，不知其非矣。神农、虞、夏忽焉没兮，我安适归矣？于嗟徂兮，命之衰矣。"遂饿死。西山，即首阳山。

⑪　醉醒兴嗟，竟沉汨罗：二语指屈原的故事。屈原，战国时人，为楚国三间大夫，怀王重其才，靳尚等毁之，原忧愁幽思，乃作《离骚》，希望怀王感悟。后仍遭谗谤，而被放逐江南，抑郁不得志，乃自沉汨罗江而死。原所作《渔父》辞云："举世皆浊我独清，众人皆醉我独醒。"兴嗟，即感叹之意。

⑫　季世：末世也。

⑬　汉之清议：清议，清正之言论。东汉末年，宦官乱政，京师太学生及民间知识分子起而批评朝政。后乃发生党锢之祸，国势益衰。

⑭　晋之清谈：曹魏时，何晏、王弼等人，祖述老庄，崇尚无为之说，不务世事，专谈玄理，时人谓之清谈。到了晋朝，王衍等人，清谈之风更盛。后人以为晋朝之亡，乃为清谈所误。

⑮　自及：危害到自己。

⑯ 且祸而国：而且又伤害了他们的国家。

⑰ 玄白总堪嘲：玄，黑也。不管黑白对错，总会引起别人的批评嘲笑。

⑱ 贞父：黄汝亨，字贞父，万历进士，著有《寓林集》三十八卷。

⑲ 亡已：亡，通"无"。无已，犹言不得已。

【说明】

明朝末年，有一类文字，作者极夥，成书颇多，影响也很深远。但是，迄今为止，这类文字一直未得到正名，明人的称呼已经很乱，如屠隆称"清言"（《娑罗馆清言》），吴从先或称"清语"（《小窗清纪》），或称"杂著"（《小窗自纪》），董斯张称"杂语"（《朝玄阁杂语》），张大复称"戏书"（《梅花草堂笔记》），又有人冠其名为"小品"（《紫芝堂四种》）……今人则或称"随笔"，或叫"语录"，也有人说是"格言式小品"……不一而足。这种混淆的现象充分表示这类文字并没有绝对固定的形式：固定的形式和自由创作的精神大相违背。但是，为了方便称呼，以利统观，以为文学史的考察，应该给予一个专有的名称。

这个名称，我建议用"清言"。理由可以从王宇这篇《清纪·序》中寻得。

《清纪·序》道出了明末盛行清言的现象，以及作者撰述清言的时代背景，并且给予历史的观照比对，是我们阅读清言不可或缺的文献。

王宇最重要的意见就是将明季清言，与汉之清议、晋之清谈三者并提而论，特别强调作者于季世无可奈何的写作心情。我们再从时代背景、思想内容、表达方式三方面来比较清议、清谈和清言的异同。

从时代背景看来，三者确实有相通的地方：汉末、晋世与明季都是政治比较黑暗、小人得势、忠良遭嫉、是非不明的时代，清高之士不愿同流合污，乃产生疏离逃避的倾向，而发为议论，则为直接的批评或间接的讽刺。《清纪·序》所谓"君子出表清节，居著清言"，就是这三个时代的读书人共同的处乱世的态度。

但是在思想内容方面，三者的差异甚大：汉代清议之士，批评朝政，月旦人物，所秉持的是儒家精神；魏晋清谈，则以老庄玄理为其思想中心；明季清言，则儒、释、道三教调和的色彩极浓。

至于表达方式也是完全不同的。清议之士与宦官浊流严分界限，批评朝政，作最直接的斗争；清谈与清言则有消极逃避，甚至颓废堕落的倾向。清议和清谈，都是以口舌逞快而已，清言则诉之于纸笔。魏晋清谈固然以谈为主，多未操觚，但是一部《世说新语》记录了当时的吉光片羽，单言只语多有可观，影响明季甚巨。清言所采取的小品形式，固然是时代的偏嗜，恐怕也多少受到《世说》的启迪。但是，《世说》的文字基本上是单行的散语，清言的文字则显然有骈对的倾向。所以，清言虽也摘录《世说》的文字，但是形式完全不同。

明季清言所以采取简短的写作形式，除了沿袭传统文人好为笔记短札的习性和倾向自由创作的性灵文学思潮的直接冲激之外，还可能有下列原因：一是唐宋以后禅宗和理学家语录文字的盛行；二是印刷术发达，民间通俗教化书也就是所谓的"善书"大量印行；三是八股文形式的僵化促成反动，而转化成自由随意的单言只语，而其写作形式又显然受了八股文的骈语、对句的影响。三者交互影响的结果，乃使晚明文人采取这类简短而通俗的文字来记录日常生活不成体系的思想和感情。

王宇在文中提到，汉晋之士放言高论的结果，不仅为自己招来杀身之祸，而且国家也遭到祸害；而《清纪》的作者吴从先也承认那是一个令人笑啼都不敢的时代，任何人敢于公开衡文论艺，都将为自己引来四面八方的攻击，聪明的人应该完全韬光隐晦才对。可是，明季思想较为开放，侠骨豪情在士子的心胸熊熊燃烧，陈眉公所谓"世皆欲杀成才子"，充分展现了时人骨子里的批判精神，外十横议，乃为不可阻挡的潮流。陆绍珩说："我辈书生，既无诛乱讨贼之柄，而一片报国之忧，惟于寸楮只字间见之。使天下之须眉而妇人者，亦耸然有起色。"这大概就是当时大部分清言作者无可奈何的心境的表白吧。

《菜根谭》题词

于孔兼

　　逐客孤踪[①]，屏居蓬舍[②]，乐与方以内人[③]游，不乐与方以外人游。妄与千古圣贤，置辩[④]于五经同异之间，不妄与二三小子[⑤]，浪迹于云山变幻之麓[⑥]也。日与渔父田夫，朗吟唱和于五湖[⑦]之滨、绿野之坳[⑧]；不日与竞刀锥[⑨]荣升斗[⑩]者，交臂抒情[⑪]于冷热之场、腥膻之窟[⑫]也。间有习濂洛之说[⑬]者牧[⑭]之，习竺乾之业[⑮]者辟[⑯]之，为谭天雕龙之辩[⑰]者远之。此足以毕予山中之伎俩[⑱]矣。

　　适有友人洪自诚者，持《菜根谭》示予，且丐[⑲]予序。予始诞诞然[⑳]视之耳。既而彻几上陈编[㉑]，屏胸中杂虑，手读之，则觉：其谭性命[㉒]，直入玄微[㉓]；道人情，曲尽岩险[㉔]。俯仰天地，见胸次之夷犹[㉕]；尘芥功名[㉖]，知识趣之高远；笔底陶铸[㉗]，无非绿树青山；口吻化工[㉘]，尽是鸢飞鱼跃[㉙]。此其自得何如，固未能深信，而据所摘词[㉚]，悉砭世醒人[㉛]之吃紧[㉜]，非入耳出口之浮华[㉝]也。谭以"菜根"名，固自清苦历练中来，亦自栽培灌溉里得。其颠顿风波^㉞，备尝险阻，可想矣。

洪子曰："天劳我以形，吾逸吾心以补之；天厄我以遇，吾高吾道以通之。"其所自警自力者，又可思矣。由是以数语弁之，俾公诸大人，知菜根中有真味也。

三峰主人于孔兼^㉟题。

【注释】

① 逐客孤踪：放逐之人，孤独的行踪。

② 屏居蓬舍：闲居在粗略的房舍。

③ 方以内人：《庄子·大宗师》："孔子曰：彼游于方之外，而丘游于方之内者也。"方，区域、寰宇也。方内就是宇内，后世乃以儒者为方内人，释、道之人则为方外人。

④ 置辩：议论也。

⑤ 二三小子：两三个年轻的门生。

⑥ 浪迹于云山变幻之麓：放浪形迹于景色多变的云山之麓，过自由的山林生活。

⑦ 五湖：中国的五大湖，有各种说法。此处乃泛称大湖。

⑧ 坳：洼下之地。

⑨ 竞刀锥：刀锥的尖端极锐利，因转为利益之意，竞刀锥指商贾之追逐利益。

⑩ 荣升斗：升斗乃衡米之容器，不同级别的官吏有不同的俸给，荣升斗指官吏之竞逐升迁。

⑪ 交臂抒情：相与结交谈心。

⑫ 冷热之场、腥膻之窟：指竞争激烈，无情多诈的官场与商界。

⑬ 濂洛之说：指宋儒之道学。濂是周濂溪，洛是程明道、程伊川兄弟。

⑭ 牧：教也。

⑮ 竺乾之业：即佛教。

⑯ 辟：排斥。

⑰ 谭天雕龙之辩者：战国时代，驺衍善于谈论天象、驺奭雄辩有如雕刻龙文。后以"谭天雕龙"比喻雄辩滔滔。

⑱ 伎俩：生活的方式。

⑲ 丐：求也。

⑳ 诞诞然：自作聪明，不听人言的样子。

㉑ 几上陈编：桌上古书。

㉒ 谭性命：谈论人类本性的问题。

㉓ 玄微：玄远微妙的道理。

㉔ 岩险：指人生劳苦艰险的情境。

㉕ 胸次之夷犹：心中的从容悠游。

㉖ 尘芥功名：以功名为尘芥，即轻视功名之意。

㉗ 笔底陶铸：陶铸原为塑造陶器和金属器具的模型，此做动词用，指笔下创造出来的世界。

㉘ 口吻化工：口吻，指谈吐。化工，指自然的造化。

㉙ 鸢飞鱼跃：比喻自由活泼的生命气息。

㉚ 摛词：摛，铺也。摛词，就是叙述。

㉛ 砭世醒人：砭，石针。古人以石针刺肌肤治病曰砭，引申为规劝过失。砭世醒人，就是规劝警醒世人。

㉜ 吃紧：急切紧要。

㉝ 浮华：虚浮轻薄。

㉞ 颠顿风波：指在人世的风波中颠簸翻覆。

㉟ 于孔兼：字元时，号三峰主人。明万历进士。因直谏触怒神宗而致仕家居，悠游二十年。

【说明】

《菜根谭》可能是现今最流行的清言作品，且不说市面有多少翻版的作品，光是释圣印编著的《菜根谭讲话》就印了多少版，可见清言影响力之深远。

坊间版本虽多，但是书前都没有这一篇于孔兼的题词，笔者特从日人著作中，转录原刊在日本内阁文库藏本《菜根谭》书前的这一篇文字。《菜根谭》很容易到手，也容易阅读，下面将偏重思想内容的介绍。

《菜根谭》的作者洪应明（字自诚，号还初道人）是三教兼修的代表人物袁黄（字了凡，所著《了凡四训》迄今通行不辍）的弟子，他写作《菜根谭》虽然以"吾儒"自居，但是对释氏则予以接纳，并行论述，例如下面的例子：

栽花种竹，玩鹤观鱼，亦要有段自得处。若徒留连光景，玩弄物华，亦吾儒之口耳（口与耳之学，徒然听闻其说，无益于身心之学问），释氏之顽空（佛家小乘学者以万物为空，仅知避世，不知益世，乃顽冥者流，故曰"顽空"）而已，有何佳趣。（《后集》第一二五则）

释氏随缘，吾儒素位（守自己本分而不顾及其他），四字是渡海的浮囊。盖世路茫茫，一念求全则万绪纷起，随遇而安则无入不得矣。（《后集》第一三五则）

此外，《菜根谭》也接受了道家的思想，肯定抱朴守拙的人生态度，例如：

涉世浅，点染亦浅；历事深，机械亦深。故君子与其练达，不若朴鲁；与其曲谨，不若疏狂。（《前集》第二则）

藏巧于拙，用晦而明，寓清于浊，以屈为伸，真涉世之一壶（注：《鹖冠子》曰："中流失船，一壶千金。"一壶价值不贵，但是船在中游遇难，却赖一壶的浮力以救生。一壶比喻救急之要具。），藏身之三窟（注：托身安生之处所，语本"狡兔三窟"）也。（《前集》第一一六则）

此书亦充分反映了明季山人的隐逸思想。所谓山人，并不一定是住在山里的隐士，明末有一些读书人终身厌弃科举考试，另外一些人则在科举试场失利，因此以隐逸自任：或者编写书籍，卖文度日，或者半耕半读，也有人经商贩贾，其下者，则奔走权门势家，寄居于豪奢糜烂的生活圈。他们固然标榜山居之乐，但也容许城市的喧哗，只心中常归清凉境，即可称"市隐"；甚至于还有朝中的官僚以"吏隐"自居。这样的思想，成为风尚，到处都是山人，其中固然不乏有学问有操守的人，但是也有不少人使酒骂座、贪财好色、武断健讼而为害乡民。但是，不管如何，山林隐逸之趣成为一种时尚，一种普遍的心态，晚明人士即使不得山林泉石、琴棋诗画，也能够在日常生活、饮食器具间，领略一种比较超远的趣味。兹录数则为例：

会得个中趣，五湖之烟月尽入寸里；破得眼前机，千古之英雄尽归掌握。（《后集》第一一则）

有浮云富贵之风，而不必岩栖穴处；无膏肓（比喻耽溺成癖，难以改正）泉石之癖，而常自醉酒耽诗。（《后集》第一七则）

都来眼前事，知足者仙境，不知者凡境；总出世上因，善用者生机，不善用者杀机。（《后集》第二一则）

徜徉于山林泉石之间，而尘心渐息；夷犹于诗书图画之内，而俗气潜消。(《后集》第四五则）

山林之士，清苦而逸趣自饶；农野之人，鄙略而天真浑具。若一失身市井驵侩（狡猾的居间商人）。不若转死沟壑，神骨犹清。(《后集》第一二六则）

综合了上述的思想，洪应明又充分把握当时盛行的善书的特质来写作，乃使《菜根谭》普遍受到欢迎，甚至被奉为圣典，历久不衰。所谓"善书"，就是"劝善之书"，最早源自南宋初年李昌龄所作的《太上感应篇》。这类书都是有心人士或者寺庙僧尼所印行，免费赠送给民众阅读的，它并不特别标榜一家的权威思想，而是融通了三教圣贤的劝诫，化为凡夫俗子、愚夫愚妇都可以实行的道德规范和善行，以鼓舞民众向善之心，生活之趣。这类书在明末清初特别多。到现在，寺庙印赠的善书仍然不少，《菜根谭》即是其中一种。下面抄录数则，看看《菜根谭》如何破除士民贤愚的界限，而普遍为人所爱读。

声妓晚景从良，一世之胭花无碍；贞妇白头失守，半生之清苦俱非。语云："看人只看后半截。"真名言也。(《前集》第九二则）

平民肯种德施惠，便是无位的公相；士夫徒贪权市宠，竟成

有爵的乞人。(《前集》第九三则)

> 大人不可不畏，畏大人则无放逸之心；小民亦不可不畏，畏小民则无豪横之名。(《前集》第二一四则)

声妓、平民等在这里，作者都给予他们肯定的、向上的鼓舞；而大人士夫，作者则劝其戒慎恐惧，以免堕落豪横。因此，任何一位读者都可以在《菜根谭》里得到教训，以收自省之效。

洪应明的写作态度和思想内容，并不是个人的创造，明末较为流行的清言都具有这种特色。如屠隆的《娑罗馆清言》、吕坤的《呻吟语》、陈眉公的《太平清话》《安得长者言》等虽然各有偏向，但是综合来看，他们的思想内容都没有超出上述的归类。

也就是因为清言已普遍为人所接受，所以于孔兼在题词的首段，虽然强调尊儒排佛的身份，但依然肯定了《菜根谭》谈性命、道人情、依山林的价值，而不因其中有佛道思想而加以排斥。

最后，再对《菜根谭》的作者和版本说几句话。从于孔兼的题词中，我们知道作者是洪自诚，而《四库全书总目提要·仙佛奇踪》条下说明是：

> 明洪应明撰。应明字自诚，号还初道人，其里贯未详。

根据日本学者的考证，洪应明与洪自诚应为一人。至于乾隆五十九年，书名作者都相同，但是分为修省、应酬、评议、闲适、概论五项，而非前后二集的版本，则系后人的伪作，目前市面仍然鱼目混珠，请读者购买时加以分辨。如果想找一本注释比较详明的，那么由台中慈明杂志社出版，释圣印编著的《菜根谭讲话》，应该是最好的一本了。

《醉古堂剑扫》类引^①

陆绍珩

醒

食中山之酒^②，一醉千日。今世昏昏逐逐^③，无一日不醉，无一人不醉。趋名者醉于朝，趋利者醉于野，豪者醉于声色车马，而天下竟为昏迷不醒之天下矣，安得一服清凉，人人解醒^④。（《集醒第一》）

情

语云："当为情死，不当为情怨。"明乎情者，原可死而不可怨者也。虽然，既云情矣，此身已为情有，又何忍死耶？然不死，终不透彻耳。韩翃之柳^⑤、崔护之花^⑥、汉宫之流叶^⑦、蜀女之飘梧^⑧，令后世有情之人咨嗟想慕，托之语言，寄之歌咏。而奴无昆仑^⑨，客无黄衫^⑩，知己无押衙^⑪，同志无虞候^⑫，则虽盟在海棠^⑬，终是陌路萧郎^⑭耳。汤若士^⑮有言："理之所必无，安知非情之所或有？"又云："生生死死为情，多情之极，欲生不得，欲死不得，可以生而死，可以死而生。"如竟抛却青娥，厌厌一死，亦非情之至者矣。（《集情第二》）

峭

今天下皆妇人矣：封疆缩其地[16]，而中庭之歌舞犹喧；战血枯其人，而满座之貂貛自若。我辈书生，既无诛乱讨贼之柄[17]，而一片报国之忧，惟于寸楮只字[18]间见之。使天下之须眉而妇人者，亦耸然有起色。（《集峭第三》）

灵

天下有一言之微，而千古如新，一字之义，而百世如见者，安可泯灭之？故风雷雨露，天之灵；山川民物，地之灵；语言文字，人之灵。毕三才[19]之用，无非一灵以神其间，而又何可泯灭之？（《集灵第四》）

素

袁石公云："长安风雪夜，古庙冷铺中，乞儿丐僧，齁齁如雷吼；而白髭老贵人，拥锦下帷[20]，求一合眼，不得。"呜呼！松间明月，槛外青山，未尝拒人，而人人自拒者何哉？（《集素第五》）

景

结庐松竹之间，闲云封户[21]，徒倚青林之下，花瓣沾衣，芳草盈阶，茶烟几缕，春光满眼，黄鸟一声，此时可以诗，可以画，而正恐诗不尽言，画不尽意。而高人韵士，能以片言数语尽之者，则谓之诗可、则谓之画可，则谓高人韵士之诗画，亦无不可。（《集景第六》）

韵

人生斯世，不能读尽天下秘书灵笈[22]，有目而眯[23]，有口而哑，有耳而聋，而面上三斗俗尘，何时扫去？则韵之一字，其世人对症之药乎！虽然，今世且有焚香啜茗，清凉在口，尘俗在心，俨然自附于韵，亦何异三家村老妪，动口念阿弥，便云升天成佛也。（《集韵第七》）

寄

我辈寂处窗下，视一切人世，俱若蟣蝼婴魄[24]，不堪寓目。而有一奇文怪说，目数行下，便狂呼叫绝，令人喜，令人怒，更令人悲，低徊数过，床头短剑亦呜呜作龙虎吟，便觉人世一切不平，俱付烟水。（《集奇第八》）

绮

朱楼绿幕，笑语勾别座之春；越舞吴歌，慧舌吐莲花之艳。

251

此身如在怨脸愁房、红妆翠袖之间，若远若近，为之黯然。嗟呼！又何怪乎！身当其际者，拥玉床之翠而心迷，听伶人之奏而涕遭乎！（《集绮第九》）

豪

今世矩视尺步[25]之辈，与夫守株待兔[26]之徒，是不钳锁而困，不束缚而阱者也。宇宙寥寥[27]，求一豪者，安可得哉？家徒四壁，一掷千金，豪之胆；兴酣落笔，泼墨千言，豪之才；我才必用，黄金复来，豪之识。夫豪既不可得，而后世偶傥之士，或一言一字，写其不平者，又安得与沉沉故纸同为销没乎！（《集豪第十》）

法

自方袍幅巾[28]之态，遍满天下，而超脱颖绝之士，遂以同污合流矫之，而世道已不古矣！夫迂腐者既泥于法，而超脱者又放越于法，然则士君子亦不偏不倚，期无所泥越则已矣，又何必方袍幅巾，作此迂态耶！（《集法第十一》）

倩

倩不可多得。美人有其韵，名花有其致，青山绿水有其丰标[29]。外则山臞[30]韵士，当情景相会之时，偶出一语，亦莫不尽其韵极其致，领略其丰标，可以启名花之笑，可以佐美人之歌，可以发山水之清音，而又何可多得？《集倩第十二》。

【注释】

① 《醉古堂剑扫》类引:《剑扫·凡例》云:"今以意趣相合者,拟议分类,类各有引,引各导窾,细绎自明。"故本篇以"类引"为题。引,犹序也。

② 中山之酒:仙酒。产于中山,一饮醉千日。

③ 逐逐:心烦貌。或解为追求物欲,不知自止。

④ 解酲:酲,病酒也。解酲,就是解酒之意。

⑤ 韩翃之柳:韩翃,唐南阳人,字君平,有诗名,为大历十才子之一。其初落寞时,与一李生善,而爱上李生幸姬柳氏。李氏即以柳氏相赠,并赠金资助,翌年擢第。后战乱,柳氏剪发为尼,时韩翃为淄青节度使记室。乱定后,韩翃派人携金及《章台柳》诗寻求柳氏,柳氏已为藩将所劫。幸同府虞候许俊劫还柳氏,乃得偕老。

⑥ 崔护之花:崔护,唐博陵人。清明日游都城之南,在民家叩门求饮,有一女子待其甚厚。隔岁清明,又往寻访,门墙依旧,人则锁门他去。乃题诗左扉云:"去年今日此门中,人面桃花相映红。人面不知何处去,桃花依旧笑春风。"数日后,又去,听见门内有哭声,有老父出问:"你不是崔护吗?你害杀了吾女。"崔大为感动,入内哭之,不久,女复活。后遂与女为妻。

⑦ 汉宫之流叶:典故出处不详。

⑧ 蜀女之飘梧:典故不详,或指元曲故事:唐代西蜀之人

任继图与妻李云英之离合故事。元曲题目是：任继图天配凤鸾交，正名是：李云英风送梧桐叶。

⑨　奴无昆仑：昆仑乃种族名，即今马来人，唐时有以昆仑为奴者，称昆仑奴。唐朝大历中，有李生窃慕勋臣一品家红绡美妓，不得通。李生有一昆仑奴名磨勒者为他设法，于夜中背生跃入一品府，又背红绡女出。后为一品所知，命甲士围捕，磨勒拿匕首飞出，不知所向。

⑩　客无黄衫：唐代侠客衣黄衫者，姓名不传。曾经挟持负心的李益去会见被他背弃而奄奄一息的初恋情人霍小玉。

⑪　知己无押衙：押衙，为官名，管领仪仗侍卫者。此押衙姓古，唐德宗时人。古生有一友王仙客，在战乱中失其爱侣名无双者，古押衙乃用奇计自宫掖中救出无双，使两人得结夫妇。

⑫　同志无虞候：虞候，为禁卫之官，此处乃指帮助韩翊与柳氏团圆的虞候名许俊者，参看注⑤。按：以上四句都指没有助成婚配的有力人士。

⑬　海棠：比喻美女。

⑭　陌路萧郎：崔郊赠婢诗："侯门一入深如海，从此萧郎是路人。"萧郎，即春秋时萧史，善吹箫，秦穆公以女弄玉妻之，作凤楼，教玉吹箫其上。时有凤来集，玉乃乘凤，史则乘龙，共升天上。后乃以"萧郎"通称女子之丈夫。

⑮　汤若士：即汤显祖，下引两段话，见于汤氏所作《牡丹亭》的题词。

⑯ 封疆缩其地：边疆之地缩小。

⑰ 柄：权柄，权力。

⑱ 寸楮只字：楮，纸也。寸楮只字，形容篇幅很小。

⑲ 三才：天地人曰三才。

⑳ 拥锦下帷：盖着绣被，布下帷帐。

㉑ 闲云封户：云彩围绕在门户左右。

㉒ 秘书灵笈：笈，书箱。秘书灵笈，指难得一见的珍藏秘本。

㉓ 眯：物入眼中曰眯。

㉔ 蟭蟟婴蜽：蟭蟟，小虫，蚊类，或单称蟟。婴蜽，亦小虫名。

㉕ 矩视尺步：比喻眼光短小，不敢有所作为之人。

㉖ 守株待兔：比喻拘泥不变。

㉗ 寥寥：空虚貌。

㉘ 方袍幅巾：方袍为比丘所着之袈裟，方形。幅巾，古以缣全幅所为之头巾，亦称幞。方袍幅巾，原指按一定规矩的穿戴，此则泛指一切过于规矩迂腐的言行仪态。

㉙ 丰标：容态。

㉚ 山臞：臞，音 qú，瘠瘦也，指山中隐者。

【说明】

1979 年，老古文化事业公司出版了一本由南怀瑾先生写介辞的明朝陆绍珩所著《醉古堂剑扫》，笔者一向对清言颇有兴趣，所

255

以欣然购回拜读。可是，翻过书前的多篇序文之后，分卷标题及本文，看起来却非常面熟。原以为明人清言之作是纂辑前人作品以成书，因此而部分雷同的例子很多，不足为怪。可是一加比对，此书竟然就是1973年学海书局出版，题为"陈眉公手集"的《小窗幽记》。该书有乾隆三十五年（1770）陈本敬的序文，而"剑扫"的序则为甲子（1624），一百多年的时间，就使作者沉沦，而让书商恣意改头换面，是不是其中别有缘故？或者只是书商换下寂寂无名的作者，挂上名家招牌，用以促销谋利的伎俩而已呢？

《醉古堂剑扫》是影印出版，保留书前多篇序文、参阅姓氏与凡例、采用书目等，让我们得以明了明季清言写作和出版的情形；而其分类和类引，则给予我们综览清言思想的方便。

"剑扫"并非个人的创作，而是辑录成书，有点类似今人的读书笔记。陆绍珩的自序说：

第才非梦鸟（《庄子·大宗师》："梦为鸟而厉乎天。"），学惭半豹（晋朝殷仲文善于为文，然读书少，所以谢灵运说："若殷仲文读书半袁豹，则文才不减班固。"袁豹也是晋朝人，好学博闻。学惭半豹，比喻自己读书不多。）而一往神来，兴会勃不能已，遂如司马公案头常置数簿，每遇嘉言格论，丽词醒语，不问古今，随手辄记。卷从部分，趣缘旨合，用浇胸中傀儡，一扫世态俗情，致取自娱，积而成帙。

他所摘录的是"嘉言格论，丽词醒语"，都只是片言只语，而不是大块文章。而其采用的书籍，也以性灵文学作品为多，典册高文很少。根据"采用书目"来看，作者所阅读的以明人著作为多，李卓吾、徐文长、焦竑、唐伯虎、祝枝山、王百谷、杨升庵、三袁等非正统类型的文人的作品，是他阅读的主要范围。其次，就是当代的小品文集和清言，如《闲情小品》《清适编》《舌华录》《严栖幽事》《婆娑园语》等。再者，笔记小说，包括志怪的《山海经》《博物志》；志人的《世说新语》《唐世说》和《太平广记》；史书只有《史记》《汉书》《皇明通纪》等。从这些书目看来，清言可以说是性灵文学的结晶，虽然小，却特别耀眼。它使"小品"的观念走到极端，三言两语，竟然也可以独立成文。作者借着这种灵巧的形式，可以自由而轻松地把握住乍现易逝的灵光；读者则从琅琅易诵的文学趣味中，自然地学习到处世的哲学。这就是清言所以能够普及民间，迄今不衰的最主要原因。

作者虽自称写作清言，用以自娱，但是其中可以寄托个人的感慨，兼收砭世醒人之旨，因此命名"剑扫"。陆绍珩说：

今秋落魄京邸……乃出所手录，快读一过，恍觉百年幻泡，世事棋枰。向来傀儡，一时俱化，虽断蛟刾笔之利，亦不过是。友人鼓掌叫绝，曰：此真热闹场一剂清凉散矣。夫镆邪钝兮铅刀割，君有笔兮杀无血。可题《剑扫》，付之剞劂（雕版也。付之剞劂，犹言付印）。

作者的生平不详，但是，此篇自序署年甲子，即天启四年（1624），其时正是魏忠贤阉党横恣无道，举朝皆妇人，人世"俱若蟛蠓婴媿，不堪寓目"，乃借清言写豪情，寄壮志，慰不平。醒、峭、寄、豪四则类引再三致意于豪情壮志之不得申；情、灵、景、绮、倩则标举名花美人、青山绿水与秘书灵笈为其解脱场、立命处；而所追求的人生终极境界，便是素、韵、法三则类引所呈现的名士的风格：不为世法所泥，而能于素境中感受人生趣韵的风流。

从正史来看，名士风流的作为显然是文人从污浊的政治环境中疏离出来的方法，有值得同情的苦衷，但是，对应于明季东林党徒所坚持的铁铮铮的抗议行动，我们觉得清言所反映的心态未免消极、颓废，是一种鸵鸟藏头不藏尾自欺欺人的作法。读书人沉溺在女人、山水和文字中，便将"人世一切不平，俱付烟水"，浑然不知人世水火，苍生倒悬，这也就难怪有些人要痛骂小品、排斥清言，以为邪魔外道，丧己祸国了！玩物丧志，先贤明训，请以斯言，为吾人今日之诫。

虽然，清言形式的优点是不能抹杀的，《菜根谭》《幽梦影》仍然大发利市，书签、卡片印上清言，可以大大促销，而有心的作者也能充分运用它的特色，以表现个人的思想，例如《中国时报》副刊连载的何秀煌的《人生小语》，就是一个很好的例子。兹就手边三月二十九日的副刊，抄录数则作为例子：

在爱之中，我们可以让人失望一次，但不要令他痛苦一生。

微风无须言语，令人周身凉爽；爱情不必作声，令人感到一片温暖。

如果湖中没有涟漪，如果海上没有风浪，倘若生命没有情的苦，倘若人生没有意的挣扎。

"剑扫"的篇幅相当多，我们也只能选录数则以窥一斑了。

一点不忍的念头，是生民生物之根芽；一段不为的气象，是撑天撑地之柱石。

情最难久，故多情人必至寡情，性自有常，故任性人终不失性。

剖去胸中荆棘，以便人我往来，是天下第一快活世界。

霜天闻鹤唳，寒夜听鸡鸣，得乾坤清绝之气；晴空看鸟飞，活水观鱼戏，识宇宙活泼之机。

傲骨、侠骨、媚骨，即枯骨可致千金；冷语、隽语、韵语，即片语亦重九鼎。

无事而忧，对景不乐，即自家亦不知是何缘故，这便是一座活地狱，更说甚么铜床铁柱、刀山剑树也。

胸中只摆脱一恋字，便十分爽净，十分自在。人生最苦处，只是此心，沾泥带水，明是知得，不能割断耳。

人生自古七十少，前除幼年后除老。中间光景不多时，又有阴晴与烦恼。到了中秋月倍明，到了清明花更好。花前月下得高歌，急须谩把金樽倒。世上财多赚不尽，朝里官多做不了。官大钱多心转劳，落得自家头白早。请君细看眼前人，年年一分埋青草。草里多多少少坟，一年一半无人扫。

春山艳冶如笑，夏山苍翠如滴，秋山明净如妆，冬山惨淡如睡。

香令人幽，酒令人远，茶令人爽，琴令人寂，棋令人闲，剑令人侠，杖令人轻，尘令人雅，月令人清，竹令人冷，花令人韵，石令人隽，雪令人旷，僧令人淡，蒲团令人野，美人令人怜，山水令人奇，书史令人博，金石鼎彝令人古。

立言亦何容易，必有包天包地包千古包来今之识；必有惊天惊地惊千古惊来今之才；必有破天破地破千古破来今之胆。

点破无稽不根之论，只须冷语半言；看透阴阳颠倒之行，惟此冷眼一只。

鸟语听其涩时，怜娇情之未转；蝉声闻已断处，愁孤响之渐消。

绝世风流，当场豪举，世路既如此，但有肝胆向人，清议可奈何，曾无口舌造业。

交友须带三分侠气，做人要存一点素心。

要做男子，须负阳刚；欲学古人，当坚苦志。

得意不必人知，兴来书自圣；纵口何关世议，醉后语尤颠。

明窗净几，好香苦茗，有时与高衲谈禅，豆棚茶圃，暖日和风，无事听闲人说鬼。

圣人之言，须常将来眼头，过口头，转心头运。

逸字是山林关目，用于情趣，则清远多致；用于事务，则散漫无功。

好，此书就抄掇至此。不知它是否做到提供常识，引发联想，以达到再生古典文学世界的目标。如果它使你壮胆，不再望文言而却步；如果你已经好奇心起，不再以此书为满足，那么，下列几种坊间流行的撰本，或许可以弥补这种缺憾，希望你能够进一步阅读，让丰富的古典文学遗产来滋润我们的人生，创造更优美的现代文明。再见！

《晚明小品选注》，朱剑心选注，商务人人文库。

《明人小品》，（不署编者姓名），众文图书公司。

《晚明二十家小品》，（不署编者姓名），广文书局。

《晚明二十家小品》，施蛰存编，新文丰出版公司。

《闲情逸趣》（明清小品赏析），邱琇环、陈幸蕙选注，长桥出版社。

《山水幽情》，（小品文选），李小萱选注，长桥出版社。

《中国历代经典宝库》总目